LE POUR ET LE CONTRE,

ou

RÉPLIQUE

DE

PLUSIEURS NÉGOCIANS DE PARIS

AU MÉMOIRE DES MANUFACTURIERS DE COTON,

Sur la Rétroactivité *de l'article* 59 *du titre VI de la Loi du*
28 Avril 1816, portant qu'il pourra être fait sur tous les points
de la France, et dans tous les domiciles, des visites pour la
recherche, saisie et confiscation des tissus de coton étrangers,
SANS EXCEPTER CEUX INTRODUITS DANS L'INTÉRIEUR BIEN AVANT
LA PROMULGATION DE LA LOI PROHIBITIVE.

———————

PARIS,

DE L'IMPRIMERIE DE Mᵐᵉ Vᵉ AGASSE, RUE DES POITEVINS, N° 6.

1817.

ANALYSE

DES MÉMOIRES PRODUITS.

LES fabricans de tissus de coton combattent sur un terrain où les négocians ne les avaient pas attaqués ; ils s'efforcent de prouver l'avantage des prohibitions sur les taxes. Nous n'avions, dans notre pétition au Roi et aux deux Chambres, émis sur cette question, dont nous ne sommes pas juges, ni notre opinion, ni notre vœu.

A la vérité les écrivains occupés d'économie politique ont prouvé que les taxes productives, substituées aux stériles prohibitions, auraient d'une part l'avantage de présenter au trésor public une riche source de revenus ; d'autre part, celui de favoriser les fabriques nationales, vraiment dignes de protection.

Que les fabricans répondent, s'ils le peuvent, à tous les publicistes qui ont médité cette question d'intérêt public. Quant à nous, renfermés dans le cercle que nous nous sommes tracé, nous n'avons prétendu, nous ne prétendons encore que défendre nos propriétés menacées par la rétroactivité de la loi du 28 avril 1816.

Cette loi porte qu'il pourra être fait dans toute la France des visites domiciliaires pour la recherche, la saisie, la

a.

confiscation de tous les tissus de coton dont la nationalité ne serait pas justifiée. Nous respectons les lois, et nous
leur obéissons; mais celle-ci, dans sa généralité, enve-
loppe à la fois ce qui sera, ce qui est, ce qui fut : elle
est donc rétroactive. Nous avons réclamé; nous nous sommes appuyés de tous les élémens de législation, qui tous
repoussent la pensée de punir ce qui n'était pas défendu,
et de réagir sur le passé qui n'est en pouvoir de personne.

Les fabricans nous répondent que les dispositions de la
loi du 28 avril ne sont pas nouvelles. Leur système est
repoussé par la raison. Le législateur ne fait point un
acte inutile, il ne rend pas deux fois la même loi. Si déjà
des lois eussent prescrit ces dispositions, on n'aurait pas
eu besoin de celle du 28 avril; il eût suffi de faire exécuter celles préexistantes. Ces dispositions n'étaient donc
point ordonnées par les lois antérieures, ou bien elles
avaient été abrogées par des lois subséquentes. Il y avait
donc eu, avant la loi du 28 avril, une époque où l'acquisition des tissus étrangers était permise *dans l'intérieur*. Ainsi, on punirait aujourd'hui ce qui hier n'était
pas défendu. Ne serait-ce pas violer cette base de toute
bonne législation, cette maxime devenue un article positif
de notre code : *La loi ne dispose que pour l'avenir?*

Il serait facile de prouver, par des acquits des douanes,
qu'à l'époque où les fabricans prétendent que les mousselines furent prohibées, on les introduisit licitement à la
frontière avec un certificat d'origine non anglaise; et plus
facile encore d'établir par des jugemens, que les visites à

l'intérieur ne furent un moment autorisées que pour la recherche des marchandises anglaises, et dans les seules maisons des commerçans. Il nous suffit de démontrer que les mesures citées par nos adversaires étaient des actes hostiles, et dûrent cesser avec les circonstances qui les avaient vu naître.

Ce principe, puisé dans la raison, dans l'équité, dans le droit des gens, ne fut point désavoué par les auteurs mêmes de ces actes. La loi favorite des fabricans, celle du 17 octobre 1796 (10 brumaire an 5), contenait ces mots : *Considérant qu'il importe de repousser de la consommation les objets manufacturés chez une nation ennemie qui en emploie les produits à soutenir une guerre injuste;* et on lisait dans l'article premier de la loi portant établissement des sévères cours des douanes : *Ces dispositions cesseront à la paix d'être exécutées.* Que diraient aujourd'hui nos adversaires, si l'on était assez insensé pour leur soutenir qu'elles ne sont point non plus abrogées, ces lois qui ordonnaient de courir sur les vaisseaux anglais, d'incarcérer tous les sujets du Roi de la Grande-Bretagne, de ne point accorder de quartier dans les combats ?

C'est donc surabondamment que nous avons compulsé les lois et la jurisprudence d'un régime de fer; elles ont cessé de droit, mais encore elles ont aussi cessé de fait, car une nouvelle législation des douanes nous fut donnée par Sa Majesté, et elle nous régissait seule au temps où nous fîmes les acquisitions dont on tente de nous dépouiller.

Or, quelle fut à cet égard la législation depuis le retour du Roi jusqu'à la loi du 28 avril 1816? elle se composa de la déclaration de Monseigneur le Comte d'Artois, lieutenant-général du Royaume, supprimant les Cours prévotales, et de la loi du 17 décembre 1814. Aucun article de cette loi ne parle de visites domiciliaires, aucun ne défend la vente et l'achat dans l'intérieur; au contraire, l'art. 24 rappelle la loi du 22 août 1791, et n'en rappelle pas d'autres. C'était donc celle-ci qui était devenue la règle de notre conduite au moment des acquisitions dont on veut nous dépouiller. Le Roi avait fait revivre cette maxime consacrée par Louis XVI : *Passé la ligne des douanes, toute marchandise en France est française.*

Donc, abstraction faite de tout ce que peuvent présenter d'incohérent les lois de guerre rendues pendant l'absence du Roi, les lois publiées par S. M. ne nous laissaient aucun doute sur la liberté du commerce intérieur; elles restreignaient l'action des douanes à la frontière, et ces limites même furent renversées par des événemens de force majeure. La première invasion avait donné au commerce d'abondans alimens; la deuxième l'en surchargea: les négocians en souffrent autant que les fabricans, les seuls consommateurs purent y gagner.

Enfin, le 28 avril 1816, une loi nouvelle a établi des dispositions plus sévères que toutes celles qui avaient précédé; nos adversaires demandent que ces rigoureuses dispositions réagissent sur le passé. Ainsi exécutées, ces dernières dispositions seraient donc bien rétroactives, et, à notre égard, elles seraient injustes, puisqu'elles puniraient des

actes qui n'étaient point coupables, qui étaient licites lorsqu'ils furent consommés dans l'intérieur, sur la foi des lois
qui ne les défendaient pas.

S. Exc. le Ministre des finances a eu la franchise d'avouer
implicitement cette rétroactivité, quand il a dit que la loi
que l'on sollicite donnerait à l'administration le droit de
rechercher et de saisir *dans l'intérieur;* l'administration ne
l'avait donc pas auparavant ce droit, car on ne demande
pas ce qu'on possède déjà.

Nous pourrions terminer ici cette discussion. Prouver devant le Roi et les deux Chambres, qui n'ont pour guide
que l'équité; prouver que les lois sous l'empire desquelles
fut consommée l'acquisition de nos propriétés, permettaient
ce que défend aujourd'hui la loi du 28 avril, c'est avoir un
puissant égide contre toute spoliation.

Mais nos adversaires ne sont pas des Aristides; ils n'ont
pas dit comme les Athéniens, *cette mesure est utile, mais
elle est injuste;* ils disent seulement, *elle est utile;* il faut
donc encore leur prouver qu'elle n'est pas utile. Or, à cet
égard, les fabricans se trompent, ou trompent sciemment.

La rétroactivité de la loi du 28 avril, qui opérerait notre
spoliation, ne procurerait à leur industrie aucun avantage;
et dès-lors, l'intérêt étant la base de toute intervention dans
un litige, ils doivent être mis hors de cause; et en effet,
examinons les assertions des fabricans. La première est celle-
ci : *Il faut prohiber les tissus étrangers, parce que les
étrangers prohibent.* Nos marchandises ne sont pas étrangères; elles furent nationalisées par l'acquisition que nous

en fîmes sur la foi des lois alors en vigueur; et sans nous appuyer sur notre droit et sur l'équité, en ne considérant la question que sous le rapport de l'utilité de nos adversaires, la vérité est qu'avant la loi du 28 avril, ils avaient des débouchés qui leur ont été fermés par représailles. Si l'on excepte l'Angleterre et une faible partie des États héréditaires d'Autriche, toutes les puissances européennes toléraient l'introduction de nos marchandises; toutes la tolèrent encore, hors l'Espagne, qui vient d'imiter notre loi prohibitive. Ils ne sont donc pas fondés à dire qu'il faut prohiber, parce que les étrangers prohibent.

Plus spécieuse, la deuxième assertion des fabricans n'a pas plus de fondement; ils disent : *Sept cent mille ouvriers vont se trouver sans travail, si l'écoulement des marchandises étrangères nous force de fermer nos ateliers.*

Nous répondons : les fabricans n'emploient pas 700 mille ouvriers; d'après un calcul basé sur les données fournies par eux-mêmes, ils n'en ont que 141 mille (1).

Quel que soit, au surplus, le nombre de ces ouvriers, l'écoulement de nos marchandises n'aurait aucune influence sur leurs travaux, par la raison qu'ils ne s'exercent pas sur les articles dont ils demandent la confiscation.

Le commerce de tissus de coton se divise en deux branches très-distinctes.

La première, immense par ses produits, fabrique des calicots, des indiennes, des basins, et tous les tissus connus

_____

(1) *Voyez* pages 61, 63, 65 et suivantes de notre Réplique,

sous le nom de *rouenneries*; elle emploie presque tous les bras.

La deuxième ne fabrique que des mousselines et des percales à jour; elle emploie au plus 8 mille ouvriers.

La première vend dans l'intérieur, sans craindre aucune concurrence avec l'étranger, puisqu'elle exporte chez lui une partie de ses produits.

La deuxième vend aussi, sans crainte de concurrence, tout ce qu'elle fabrique; mais elle ne produit point en proportion des besoins. C'est donc uniquement pour suppléer à cette dernière, que le commerce à dû avoir recours à l'étranger pour ne pas cesser d'exister.

Veut-on la preuve de ce fait? que l'on parcoure les procès-verbaux de visites et de saisies faites par les employés des douanes; on se convaincra que si, dans les magasins visités, on a trouvé quelques marchandises étrangères, elles n'étaient point analogues à celles que l'on fabrique en France : l'écoulement de nos marchandises n'aurait donc aucune influence sur les travaux des fabriques françaises.

Ce n'est pas sérieusement que l'on a objecté que ceux qui emploieraient des mousselines fines, seules étrangères, achèteraient moins de calicots français; ces deux tissus n'ont pas le même usage, l'un ne remplace pas l'autre; et les adversaires ont eux-mêmes pris soin de répondre : *On chercherait vainement à donner une autre direction au goût du consommateur.*

Or, s'il est certain que nous n'avons en magasin que des articles fabriqués en France, ou qui n'ont d'analogie

qu'avec ceux de Tarare ; s'il est aussi certain que Tarare
ne puisse , à beaucoup près, produire dans la proportion
des besoins , comment la libre disposition de nos propriétés aurait-elle quelque influence sur les travaux des
ouvriers , en quelque nombre d'ailleurs que les fabricans
les emploient ?

A la vérité , le plus grand nombre des fabricans ne soutient pas cela ; le plus grand nombre est resté neutre
dans cette querelle : les plus instruits forment des vœux
pour que notre ruine ne prépare pas la leur.

Si quelques fabricans s'obstinent seuls à notre pour-
suite , ce petit nombre de poursuivans se subdivise encore
en deux classes.

La première veut un privilége de monopole; elle res-
semble à ces Hollandais qui brûlaient , aux Moluques,
leurs propres produits , dans la crainte que leur surabondance n'en fît baisser le prix en Europe.

La seconde se compose d'hommes de bonne foi qui ,
irrités par des pertes réelles , sont disposés à en chercher la
cause dans tout ce qui les environne ; mais la cause véritable de leur gêne n'est-elle pas assez connue? est-elle autre
que cette longue guerre qui , ayant ébranlé tout le Corps so-
cial , a amené en France , comme dans toute l'Europe , une
égale stagnation dans les affaires?

Cependant ils attaquent , et nous devons nous mettre en
défense : ils étouffent notre voix quand nous réclamons le
maintien de notre propriété , et nous leur prouvons qu'ils
n'ont aucun intérêt dans ce litige ; ils rappellent la faculté

qui nous fut laissée d'exporter, et ils savent que cette exportation nous eût fait perdre 75 p. 100. Ils parlent du danger que nos marchandises acquises de bonne foi, au temps où cette acquisition était licite, ne servent à l'avenir à masquer des opérations illicites, et ils taisent la précaution que nous avons indiquée d'*estampiller ce qui existe, pour qu'il ne soit jamais confondu avec ce qui pourrait être désormais introduit.* Ils paralysent les valeurs que nos marchandises représentent, et ils ne voient pas que c'est là une des causes de la misère des fabriques, auxquelles ils nous mettent dans l'impossibilité d'acheter.

Calculateurs, ils ont dû pressentir le mal qu'ils allaient faire, et ils en ont appelé toutes les conséquences sur les malheureux qu'ils voulaient frapper. S'ils croyaient utile la rétroactivité qu'ils sollicitent, ils pouvaient présenter leurs moyens ; mais puisqu'il était certain que la ruine d'un grand nombre de leurs concitoyens serait le résultat de cette mesure, l'honneur, l'humanité leur commandaient de ne nous attaquer qu'avec les seules armes de la raison et de la vérité. Mais à quoi ne devions-nous pas nous attendre, après les avoir entendus préluder dans d'autres écrits où l'on faisait une si inconvenante accolade de leurs intérêts et de l'intérêt de l'Etat, où l'on disait : *La Charte et les filatures !* où l'on criait, en nous désignant à la haine publique : *Ruinez-les ! ruinez-les !*

Ceux qui, fatigués de leurs obsessions, ont pu céder par lassitude, ou croire que, parce qu'on n'y répondait pas, leur Mémoire contenait des argumens irrésistibles, ceux-là, s'ils daignent nous entendre, seront promptement désabusés.

Le Mémoire des fabricans, à quelques injures près, qui ne sont pas d'un bon goût, qui n'auront fait naître d'autre réflexion que celle-ci : *Tu te fâches, Jupiter, donc tu as tort;* est écrit avec méthode, avec finesse; il y a moitié plus d'esprit qu'il n'en faudrait pour la défense d'une bonne cause; mais eussent-ils cent fois plus de talent, ils ne parviendraient point à faire triompher les erreurs, les exagérations, les inexactitudes qui seules étayent leur système. Après avoir lu cet *ultimatum,* et au moment d'y répondre, nous nous sommes rappelé ce passage de Polybe, où il peint Annibal observant la mauvaise position dans laquelle s'était engagé Paul-Émile; et sans nous comparer à Annibal, sans comparer à Paul-Émile nos adversaires, nous n'avons néanmoins pu nous défendre de dire avec le premier : *Si les Dieux, aujourd'hui, nous donnaient le choix de ce que nous pourrions souhaiter de plus avantageux, qui de nous ne leur demanderait de combattre sur un pareil terrain ?*

LE POUR ET LE CONTRE.

MÉMOIRE

DES

MANUFACTURIERS DE COTON DE PARIS,

AU ROI

ET AUX DEUX CHAMBRES,

Demandant le maintien de la Loi du 28 Avril 1816,

EN RÉPONSE

*Aux Mémoires publiés par les Détenteurs de Mar-
chandises prohibées, qui attaquent cette Loi.*

Objet de ce Mémoire.

La consommation des étoffes de coton est devenue si générale en
France, qu'on chercherait vainement à donner une autre direction au goût du consommateur ; il veut des tissus de coton : il
faut donc que nos fabriques, ou le commerce extérieur lui en
fournissent. Le point à discuter est donc aujourd'hui celui-ci :
irons-nous puiser, comme autrefois, ces tissus dans les fabriques

RÉPLIQUE

DES NÉGOCIANS DE PARIS,

PROPRIÉTAIRES DE MOUSSELINES,

SIGNATAIRES D'UN MÉMOIRE

AU ROI

·ET AUX DEUX CHAMBRES,

Où ils demandaient, non le rapport de la loi du 28 avril 1816, mais seulement des modifications nécessaires à l'article 6 du chapitre des Douanes, en ce qu'il prescrit dans l'intérieur des visites domiciliaires pour la recherche et la saisie des marchandises acquises bien avant la promulgation de la loi, et sur la foi d'autres lois préexistantes.

La consommation des étoffes de coton est devenue si générale en France, qu'on chercherait vainement à donner une autre direction au goût du consommateur ; il est donc naturel de conclure avec vous, abstraction faite de l'avantage ou du désavantage de l'industrie cotonnière, considérée dans ses effets sur l'industrie indigène, qu'il est nécessaire que les fabriques françaises ou le

1.

étrangères ; ou , jaloux de conserver celles qui se sont élevées en France depuis vingt ans, leur accorderons-nous la préférence ? Dans cette alternative , le législateur ne peut pas même avoir l'option ; c'est ce que nous prouverons dans le cours de ce Mémoire.

Origine de l'industrie du coton. — Ses développemens. — Son importance. — Cause de ses succès. — Prohibition.

L'introduction en France des manufactures de coton date de la fin du règne de Louis XVI. De sages encouragemens furent donnés à cette industrie dont on prévoyait l'importance. Malgré la tourmente révolutionnaire , elle surpassa les espérances qu'elle avait données, et le génie actif de la nation lui fit faire des progrès rapides.

Tels furent nos premiers pas pour nous soustraire à la dépendance étrangère. Autrefois nous étions forcés d'acheter les étoffes de coton au dehors. Les négocians français et étrangers qui fai-

commerce extérieur fournissent ces marchandises. Le premier point à éclaircir est donc celui-ci. Les fabriques françaises font-elles tous les articles que le consommateur réclame?

Notre réponse est *non* pour ce qui a rapport au commerce de mousselines. Si l'on en doute, les incrédules en trouveront une preuve sans réplique, mais bien déplorable, dans les malheurs auxquels la loi que vous avez sollicitée nous a exposés. Que l'on prenne connaissance des saisies faites. Des assortimens entiers ont été ravis à leurs propriétaires, et l'on se convaincra qu'il n'y a pas un vingtième des marchandises saisies qui puisse remplacer dans la consommation les articles que vous produisez. Vous le savez, Messieurs! mais si vous l'eussiez avoué, votre cause eût été perdue, et vous vous fussiez trouvés condamnés par vos propres paroles : *On chercherait vainement à donner une direction différente au goût du consommateur.*

Le point auquel vous tenez davantage, celui de la préférence à vous donner, n'est ni de votre compétence, ni de la nôtre; nous ne l'avons pas examiné dans notre Mémoire : ce droit appartient au législateur; et loin de lui tracer, comme vous le faites, le cercle de ses devoirs, nous sommes persuadés que, déterminé à vous donner la préférence pour tout ce que vous fabriquez, il faudra bien qu'il se résolve à chercher ailleurs ce que vous ne fabriquez pas ; c'est ce que nous démontrerons dans le cours de cette Réplique.

☞ Nous croyons volontiers que l'industrie cotonnière n'obtint de Louis XVI, protecteur de toutes les industries, que de sages encouragemens. Plût au ciel qu'elle n'en eût jamais reçu que d'un Prince aussi modéré ! contenue dans de justes bornes, on ne l'aurait point vue élever ses prétentions, devenir exclusive et menacer.

On pourrait mettre en question si le commerce de France a réellement gagné au changement que vous avez opéré. Mais puisque vous avez fait ces rapides progrès sans mesures inquisitoriales dans l'intérieur, sans dénonciations, sans visites domici-

saient ce commerce, alors très-peu connu du consommateur, ache-
taient aux ventes de la Compagnie anglaise et dans les marchés de
Manchester et de Saint-Gall : d'énormes fortunes ont été la suite
de ce commerce; nous n'en citerons qu'un exemple. Une maison
célèbre et qui a eu de nombreuses ramifications, la maison *Pour-*
talès, de Neuchâtel en Suisse, a prouvé quels avantages il y avait
alors à acheter les toiles de coton en Angleterre, pour les reven-
dre en France.

C'est dans ces circonstances que, se lassant d'alimenter des ateliers étrangers, et de soutenir au dehors des établissemens dont les
bénéfices étaient ruineux pour la France, les Français ont pensé
qu'ils étaient assez industrieux pour faire ce que faisaient d'autres
nations. Ils ont jugé que, si leurs voisins trouvaient le moyen d'a-
voir à la fois des agriculteurs, des tisserands, des mécaniques, une
semblable faculté ne leur était pas refusée; ils ont voulu fabriquer
eux-mêmes leurs étoffes de coton.

Des capitaux importans furent alors employés à des construc-
tions de bâtimens et de machines; les cours d'eau furent mis à
profit; partout des ouvriers se formèrent, et aujourd'hui la
France a conquis une industrie nouvelle; véritable conquête que
nous devons tenir à conserver.

Croira-t-on que ce soit sans efforts qu'un tel résultat ait été obtenu? Quand on commence à lutter contre une industrie ancienne et perfectionnée, les difficultés naissent à chaque pas.
C'est d'abord le combat du nain contre le géant.

Cependant nous voyons aujourd'hui la France couverte d'ateliers de coton. Nos manufactures de toiles peintes, dont les produits ne le cèdent à aucun autre de même espèce, n'impriment que
sur des étoffes françaises; les toiles de l'Inde sont partout remplacées, et ce sont des mains françaises qui fabriquent aujourd'hui
l'immense quantité de calicots, de percales, de mousselines qui
habillent notre population.

Un changement si rapide étonne quand on songe aux obstacles
qu'il a fallu vaincre. On se demande quelle est la cause puissante

liaires, pourquoi les solliciter à présent que vous êtes arrivés à un si haut degré de perfection ?

Le moyen de nous affranchir de l'étranger est de faire mieux ou aussi bien que lui. Vous avez atteint ce but dans plusieurs genres de fabrication. Il en est d'autres que réclame le commerce de mousselines, et que vous ne faites pas.

La création de machines pour la filature appartient aux sciences ; elle atteste les progrès de la mécanique ; c'est une conquête du génie : votre part, à vous, se réduit à l'emploi de ces créations. Et quel a-t-il été cet emploi ? Vous avez tissé du coton au lieu de chanvre et de lin, c'est-à-dire que vous avez changé la matière du travail, au détriment de notre agriculture. Espérez-vous persuader à des gens de bon sens qu'il y ait quelque mérite à tisser des calicots, plutôt que des toiles ; à substituer des linons de coton à des linons de lin, des percales communes à de belles batistes, ou des nappes et des serviettes de coton à des nappes et des serviettes de lin ? Présenter ces tristes changemens comme des conquêtes, n'est-ce pas, ou se moquer de ses lecteurs, ou s'aveugler étrangement sur le parti à tirer de nos productions indigènes ?

N'exagérez pas l'avantage de voir la France couverte d'ateliers de coton ; cette exagération avertirait l'agriculture, les fabriques de tous nos produits, et le commerce tout entier, des dangers que leur fait courir la surabondance de ressources absorbées par votre seule industrie.

Un changement si subit étonne quand on songe qu'il n'a pu s'opérer qu'en accordant à une matière que vous refusait notre sol, une préférence due aux productions abondantes de la France. Quelle est donc la cause qui a produit des effets si funestes à notre agriculture, à notre commerce ? Certes, c'est la prohibition.

Ne recherchez les détracteurs de la prohibition ni dans l'Inde, ni à Glascow, ni à Manchester ; ils sont à Paris et dans toute la France. A l'époque de la paix d'Amiens, vingt-deux chambres de commerce furent consultées sur l'avantage d'introduire, moyennant un droit, les marchandises en concurrence avec les vôtres ;

qui a pu produire, en si peu de temps, des effets si remarquables, si éminemment utiles à notre patrie. Cette cause, c'est la prohibition.

Des regrets s'exhalent aujourd'hui et semblent rappeler l'ancien système; ces regrets sont-ils formés par des ouvriers de l'Inde, de Glascow ou de Manchester; par les agens de la Compagnie, les marins qu'elle emploie, les commissionnaires de Londres? De leur part, ces plaintes seraient naturelles; mais on s'indigne de voir des Français nous les faire entendre, et se constituer les auxiliaires de l'Étranger.

Loi du 28 avril 1816. — Ses détracteurs. — Leurs prétentions.

La loi du 28 avril 1816 prescrit la recherche à l'intérieur des cotons filés et des tissus de coton étrangers; elle ordonne aux détenteurs de ces articles d'en passer déclaration et d'en effectuer la réexportation dans un délai donné. Cette loi a froissé quelques intérêts, et plusieurs Mémoires ont été publiés à cette occasion. Les auteurs de ces Mémoires voudraient se soustraire à l'exécution de la loi. Ils demandent, non-seulement la libre disposition des marchandises prohibées qu'ils ont en magasin, mais encore, pour l'avenir, la suppression des recherches à l'intérieur; mesure qui peut seule, selon nous, opposer une barrière suffisante à la fraude, et qui, selon eux, entrave toutes les opérations du commerce.

Ils ne s'arrêtent pas là. Ils réclament l'introduction des cotons filés fins anglais, et nient que notre industrie puisse jamais en produire de semblables.

Enfin, ils sollicitent l'entrée des mousselines étrangères, comme ne pouvant être suppléées dans la consommation.

Nous allons discuter chacune de leurs prétentions.

dix-sept émirent un vœu contraire à la prohibition. Ce vœu du commerce était en harmonie avec celui de tous les publicistes. Ce qui était bon alors ne l'est-il plus aujourd'hui ? Les dix-sept chambres qui donnèrent cette réponse étaient-elles composées d'étrangers, ou les chambres de commerce d'aujourd'hui seraient-elles composées de fabricans intéressés ? Répondez.

Autant vous peignez à grands traits le tableau de vos succès, autant vous êtes modérés quand vous parlez des pertes que vous nous occasionnez ; vous dites que cette loi a froissé quelques intérêts ; quoi! elle n'a froissé que quelques intérêts, cette loi qui, si elle eût été exécutée sévèrement, aurait présenté, sur tous les points de la France, le spectacle d'une exécution militaire ; il n'est pas une ville, un village où quelque détaillant n'eût été visité, saisi, ruiné ; et pourquoi, parce qu'ils demandent à conserver une propriété légitimement acquise, et qu'ils n'ont pas le bonheur de penser, comme vous, que l'avantage de se vêtir de calicots doive être acheté par le sacrifice de la liberté individuelle et le repos des familles : ils soutiennent, qu'ou bien vous ferez entrer des filés anglais, ou bien vous serez dans l'impossibilité de tisser des mousselines ; ils n'en sollicitent pas l'entrée, ils demandent à ne pas être dépouillés de marchandises dont la loi ne défendait pas l'acquisition ; ils offrent la garantie qu'elles ne serviront pas de prétexte à de nouvelles introductions, car ils demandent qu'elles soient estampillées. Il est facile de défendre de semblables prétentions.

2

*Libre disposition des marchandises existantes. — Prétendue
rétroactivité de la loi. — Législature des douanes. — Loi du
10 brumaire an 5.*

Pour affranchir les marchandises introduites avant la loi, de la
peine qu'elle prononce, on prétend qu'elle est rétroactive ; mais
cette loi ne renferme aucune disposition nouvelle ; elle n'est que
la confirmation des lois antérieures.

Que prononçait la loi du 10 brumaire an 5? La prohibition de
toute espèce de tissus de laine, de coton et de poil, ou mélangé
de ces matières ; toute sorte de piqués, basins, nankinettes et
mousselinettes ; les laines, cotons et poils filés, etc.

L'article 7 de cette loi ordonnait la déclaration, par les détenteurs de tous ces objets, qui, vérifiés et mis ensuite dans des
tonneaux, balles et ballots, et scellés du sceau de l'administration,
devaient être réexportés.

Enfin, l'article 11 autorisait les visites à l'intérieur, pendant le
jour, chez tout individu faisant le commerce, afin de constater les
contraventions ; et l'article 15 prononçait la confiscation des objets, *une amende triple de leur valeur, et un emprisonnement de
cinq jours à trois mois.*

Des saisies ont été faites à Paris et dans les départemens, en
vertu de cette loi du 10 brumaire ; elle a formé la base constante
de notre législation de douanes : on la trouve rappelée sans cesse
dans toutes les lois qui ont paru depuis.

La loi du 11 prairial an 7 règle la procédure contre les prévenus de contravention à la *loi de brumaire an 5.*

L'arrêté du 3 fructidor an 9 porte, art. 1er : « A compter du
» 1er. vendémiaire prochain, les basins, piqués, mousselinettes,
» toiles, draps et velours de coton qui ne porteront pas la marque

☞ Si la loi ne contenait aucune disposition nouvelle, elle serait inutile; si elle contient des dispositions nouvelles, et qu'on veuille les appliquer à des faits consommés avant sa promulgation, elle est rétroactive.

C'est une question de fait, les monumens de notre législation sont là, ils seront consultés par nos juges.

La législation des douanes a reçu l'impulsion des circonstances de paix et de guerre; les premières doivent seules nous régir aujourd'hui, car jamais paix au dedans et au dehors ne fut plus générale et moins troublée. Nous pourrions donc prétendre que les lois de guerre ayant cessé, et ses calamités ne pouvant se prolonger, l'on doit faire revivre le Code des douanes, tracé par Louis XVI, dans les lois des 15 mars et 22 août 1792, lois qui, hors des lignes des douanes, garantissaient au commerce intérieur la plus entière liberté; mais en nous plaçant sur le terrain où l'on nous appelle, en nous en laçant de toutes les mesures révolutionnaires, nous serons encore assez forts pour faire apercevoir cette rétroactivité désavouée, malgré qu'elle soit palpable.

La loi favorite des fabricans est celle du 17 octobre 1796 (10 brumaire an 5); son préambule prouve cependant qu'il serait impolitique aujourd'hui de la rappeler, et injuste de nous l'appliquer; la voici : *Considérant qu'il importe de repousser de la consommation les objets manufacturés chez une nation ennemie qui en emploie les produits à soutenir une guerre injuste.* Or, la politique et l'équité ne disent-elles pas que la cause ayant cessé, ses effets doivent cesser aussi?

Cette loi de brumaire proscrivait tout ce qui provenait des fabri-

2.

» du fabricant et de l'estampille nationale avec le numéro, seront
» censés provenir des fabriques anglaises, et seront confisqués,
» conformément à la *loi de brumaire an 5.* »

Art. 4. « Après le 1ᵉʳ. vendémiaire, les pièces saisies sans mar-
» que ou avec une marque fausse, seront confisquées, conformé-
» ment à la *loi de brumaire an 5*, et livrées au Gouvernement,
» pour la vente en être faite à l'étranger, et le prix distribué aux
» saisissans, *en vertu de la même loi.* »

Le décret du 22 février et la loi du 30 avril 1806, en défendant
l'importation des toiles de coton blanches et peintes, des mousselines, n'ont rien changé aux dispositions sévères de la loi précitée.

La loi du 22 décembre 1809 vint ajouter aux articles prohibés
les cotons filés en tout numéro.

Un décret du 8 mars 1811, en confirmant la disposition qui prononce la confiscation et la triple amende, déclare solidaires, de
cette amende, les propriétaires de la marchandise saisie.

Telle a été la marche progressive de la législation des douanes
jusqu'au moment où la loi du 28 avril dernier est venue fixer les
principes, et apporter de véritables adoucissemens aux dispositions
plus sévères que nous venons de retracer.

Lorsque les détenteurs se plaignent de la rétroactivité de la loi
nouvelle, de sa rigueur inouie; lorsqu'ils allèguent la tolérance
des lois antérieures, ils oublient que, jusqu'au 28 avril 1816, celles
en vigueur, et qui n'ont jamais été abrogées, non-seulement re-
cherchaient la marchandise à l'intérieur et la confisquaient, mais
prononçaient une amende triple de la valeur, et des emprison-
nemens.

Ce n'est pas pour faire revivre les dispositions de cette nature,
que nous avons cité cette succession de lois, mais pour prouver
que celle contre laquelle on se récrie, au lieu d'être rétroactive,
a soumis les détenteurs à un régime plus doux.

Tous ceux qui, à ces diverses époques, étaient détenteurs de
marchandises étrangères en France, étaient passibles de la saisie
et de la confiscation. Pouvait-il en être autrement lorsque la France

ques ou du commerce anglais; elle ne s'appliquait pas seulement aux tissus de coton; elle considérait aussi comme anglais tout filé de laine, toutes sortes de plaqués, tous ouvrages de quincaillerie, coutellerie, tabletterie, horlogerie, et autres ouvrages en fer, acier, airain, cuivre, fonte, fer-blanc ou autres ouvrages polis ou non polis, les cuirs, les voitures, les harnois, les rubans, chapeaux, schals, gants, gilets, verrerie, cristaux, sucres, faïence, etc. etc., c'est-à-dire, que tout commerce était suspendu. Observons toutefois que cette loi prohibe seulement les filés anglais de coton, et ne parle pas des mousselines, qui continuèrent d'être admises à la frontière en produisant le certificat d'origine non anglaise, exigé par l'art. 13.

Pourquoi donc aujourd'hui que la liberté est rendue à toutes les autres branches de commerce proscrites par la loi de brumaire, nous accorderait-on à nous seuls cette horrible préférence? pourquoi, à notre égard, serait-on plus sévère que les rédacteurs de la loi de brumaire? Ils avaient excepté une partie de notre commerce; l'article 13 autorisait l'entrée des tissus de fabrique de l'Inde, pourvu qu'ils fussent accompagnés d'un certificat hollandais ou danois.

On essaie de persuader que les législateurs de brumaire avaient ordonné la recherche et les visites domiciliaires dans l'intérieur: on sait le contraire.

L'article 11 n'autorisait les préposés des douanes à faire ces visites que dans les maisons construites à trois lieues des côtes, et l'art. 12 déléguait la même faculté aux administrateurs municipaux, dans les seules maisons occupées par des commerçans; il n'y a pas, dans tout le texte de la loi de brumaire, une seule fois le mot *intérieur*.

Ce fut par extension ou par abus que le Directoire exécutif autorisa par un simple arrêté du 17 février 1798 (9 ventôse an 6), les visites dans l'intérieur, mais pour les seules marchandises anglaises. Cette mesure n'eut qu'une exécution passagère. Le

cherchait, par des efforts multipliés, à s'affranchir du joug de l'industrie étrangère ? Mais aucun gouvernement n'a dû être plus prononcé dans l'intention de protéger les fabriques françaises par la prohibition la plus sévère, et de punir la violation de là loi, que le gouvernement de S. M. LOUIS XVIII.

Ce Prince qui donne chaque jour de nouvelles preuves de sa sollicitude éclairée pour les besoins de son peuple ; ce Prince, si habile à saisir ce qui peut être utile à la France, n'a-t-il pas encore de puissans motifs de conserver au système de douanes actuel ses rigueurs salutaires ?

gouvernement le plus violent, le plus tyrannique, a dit un membre de la Chambre des députés, n'a pas osé continuer ces inquisitions domiciliaires, soit qu'il ait reconnu leur inutilité, soit qu'il ait cédé à l'horreur qu'elles inspirent!

Vous laissez une lacune depuis vos lois de brumaire an 5, 11 prairial an 7 et fructidor an 9, jusqu'aux 20 et 30 avril 1811; il faut la remplir : il y eut, dans cet intervalle, cessation de visites dans l'intérieur, et nous donnons le défi d'en prouver aucune; il y eut même des jugemens qui rendirent à leurs propriétaires des marchandises saisies comme anglaises, et ensuite reconnues suisses.

Cette prohibition trop générale fut modifiée par la loi du 4e. jour complémentaire an 11, qui ne proscrivit que les marchandises de fabriques réellement anglaises, et permit l'importation de tous tissus non anglais, moyennant un droit.

On dispute sur ce fait : une loi postérieure l'explique et le prouve; c'est celle du 24 janvier 1805 (1er. pluviôse an 13); voici son texte : *Le bureau de Coblentz est compris au nombre de ceux par où les toiles de fil et de coton, les mousselines et les cotons filés peuvent entrer en payant les droits fixés par la loi du 22 ventôse an 12.* Les fabricans, forcés d'avouer que des modifications furent apportées à la loi de brumaire, ou plutôt que cette loi tomba en désuétude, prétendent que cette tolérance ne fut que momentanée, et que les rigueurs de brumaire recommencèrent par les lois des 22 février et 30 avril 1806. Ils se trompent : tout acerbes que furent ces dernières lois, elles ne prescrivirent point les dispositions de brumaire. Une législation nouvelle déroge nécessairement à celle qu'elle remplace; ainsi, puisque ni la loi du 22 février 1806, ni celle du 30 avril, ni même le décret du 5 août 1810, portant établissement des Cours prévotales, ne parlent de prohibitions dans l'intérieur, ni de visites domiciliaires, elles les font cesser implicitement.

Le parallèle de ces lois et de celles de brumaire présente encore d'autres différences; celle de brumaire prohibait les seuls cotons filés anglais; celles-ci en autorisent l'introduction.

Le décret du 22 février 1806 porte, art. 2 : *Les cotons en laine payeront, à l'entrée de l'Empire, un droit de six francs par quintal décimal, et les cotons filés sept francs par kilogramme.*

Art. 3. *Les cotons filés ne peuvent entrer que par les bureaux d'Anvers, Cologne, Mayence, Strasbourg, Bourg-Libre et Versoix.*

La même taxation est portée au tarif annexé à la loi du 30 avril de la même année.

Veut-on à présent des faits, veut-on expliquer ces lois par la jurisprudence des tribunaux chargés de leur application? tous les documens conservés dans les greffes attestent que les tissus de coton saisis par erreur comme anglais, furent rendus à leurs propriétaires, toutes les fois qu'ils purent justifier l'origine suisse.

En 1807, l'on saisit chez MM. Battier-Dellient et compagnie, à Lyon, une quantité considérable de marchandises; on forma opposition à la saisie, et l'on revendiqua leur propriété, fondée sur l'effet rétroactif de la loi. Cette cause fut plaidée à la Cour par Me. Ricere, avocat, et ses conclusions lui furent adjugées: le disposisif du jugement a cela de particulier, qu'il consacre le principe de non-rétroactivité que nous défendons.

Postérieurement, et dans la même année, les mêmes conclusions furent prises, dans une semblable affaire, en faveur de MM. Barrier frères, de Lyon; les marchandises furent également restituées.

Dans l'année 1809, des visites domiciliaires furent faites dans les magasins de diverses maisons de commerce de la même ville; les marchandises furent vérifiées : il résulta de cette vérification; que les marchandises n'étaient pas anglaises; main-levée fut donnée; les décisions de l'administration des douanes, les procès-verbaux de saisie et les jugemens existent; ils consacrent par des faits le principe de non-rétroactivité. La loi du 8 mars 1811, que vous citez, était une loi pénale qui ne portait aucune prohibition nouvelle.

C'est surabondamment que nous avons compulsé ces lois et la jurisprudence de ce temps. Nées dans un état de guerre et sous

3

Rareté du numéraire en France.

Les circonstances où se trouve le Royaume commandent impérieusement toute mesure tendante à diminuer les exploitations de numéraire.

La France ne peut trouver que dans le travail industriel les moyens de subvenir aux impôts énormes que de grands malheurs ont rendus nécessaires.

Tout ce qui tend à diminuer ce travail est une calamité nouvelle.

des gouvernemens qui n'existent plus ; elles ont été remplacées par la législation du gouvernement que la paix nous a rendu.

A présent, dites-nous donc pourquoi vous n'avez poussé vos recherches que jusqu'à la fin du Code révolutionnaire; pourquoi surtout vous affirmez que ce sont là les lois qui ont régi le commerce jusqu'au 28 avril 1816. Ignorez-vous que le Roi aussi nous donna un Code des douanes, qui vaut bien celui dont vous nous vantez les bons effets? Ignorez-vous que, dès son entrée en France, Son A. R. Monseigneur le Comte d'Artois renversa votre Code révolutionnaire, rendit dans l'intérieur la liberté au commerce, et fit revivre cette maxime consacrée par Louis XVI : *Passé la ligne des douanes, toute marchandise en France est française?* Ignorez-vous que S. M. et les Chambres nous donnèrent la loi du 17 décembre 1814? Cette loi fut calquée sur celles sanctionnées par Louis XVI; elle restreignit donc l'action des douanes dans les lignes tracées à la frontière et sur les côtes. Dès-lors, tout Français put dans l'intérieur vendre et acheter. Les négocians contractèrent, sur la foi de la parole du lieutenant-général du Royaume, et avec la garantie donnée par le Roi dans la loi du 17 décembre 1814. Ce titre vaut mieux que le souvenir de la loi de brumaire, et c'est un outrage au Prince adoré que de l'inviter à faire revivre d'horribles mesures, que les tyrans les plus déhontés de la France n'osèrent faire exécuter. Et pourquoi? Pour maintenir votre monopole, et ruiner une classe de Français aussi dignes que vous de sa protection.

☞ La rareté du numéraire peut se suppléer, mais on ne suppléera d'aucune manière à une grande destruction de capitaux dans une classe quelconque; car on ne répartira pas sur la population un impôt pour le reverser sur la classe ruinée. Les économistes ont prouvé depuis long-temps qu'on ne retient pas le numéraire. Si l'Angleterre avait retenu tout le numéraire que la balance du commerce est supposée lui donner, elle aurait de quoi changer en or tout son papier. C'est donc une erreur que de parler de retenir

3,

Invasions des Étrangers citées pour excuse.

Les détenteurs allèguent pour leur défense, que l'étranger ayant apporté une grande quantité de marchandises à l'époque des deux invasions, ils ont cru pouvoir acheter ce que d'autres auraient acheté comme eux.

Depuis quand les hommes attachés à leur pays, saisissent-ils, pour en violer les lois, le moment de son invasion, et ajoutent-ils aux désastres de cette invasion, en paralysant l'industrie nationale par des spéculations illicites ?

Depuis quand peut-on dire au Roi, aux deux Chambres, gardiens de la prospérité générale : « L'appât de quelque bénéfice m'a » fait oublier les lois que je devais respecter, mais je me crois » digne d'excuse, et toute rigueur contre moi serait condamnable. »

le numéraire, il faut qu'il sorte et qu'il rentre; il sortira cette année pour des achats de blé; il rentrera quand des vendanges et des récoltes abondantes nous permettront de vendre au lieu d'acheter; il ne sort que lorsqu'il n'y a rien qui présente, pour les échanges, plus d'avantages à faire sortir que l'argent. Si, au lieu de tissus de coton d'une certaine espèce dont la France est couverte, nous nous étions livrés à une production plus utile aux autres peuples, on prendrait nos produits au lieu de notre argent. La plus grande erreur que puissent commettre des amis de leur pays, c'est d'encourager chez nous, par des prohibitions, la production d'objets que les étrangers pouvaient fournir en abondance et à bon marché. Le résultat est, 1°. de détourner des capitaux qui avaient d'autres emplois lucratifs; 2°. de faire payer chèrement au consommateur un déplacement qui n'a pu se faire qu'à grands frais et par l'appât d'un monopole; 3°. d'élever au-delà de toutes bornes la production. Tout ce que nous avançons est prouvé par le grand encouragement accordé, par la prohibition, à l'industrie cotonnière; sans cela, elle se serait élevée jusqu'à satisfaire aux besoins les plus essentiels, mais elle n'aurait pas, pour son malheur et pour celui de la France, englouti d'immenses capitaux pour n'enfanter que misère.

A l'époque des deux invasions, l'étranger nous a inondé de ses tissus et de ses cotons filés; nous avons acheté ses tissus, vous avez acheté ses cotons filés, d'autres ont acheté du sucre, du sel, des épiceries.

Si nos opérations ne méritent pas d'être environnées d'une sorte d'intérêt, quel sentiment voulez-vous qu'inspirent les vôtres?

Livrés par état, et de tout temps, sur la foi de nos lois, qui n'ordonnaient pas, quoi que vous en disiez, de venir saisir ni rechercher des mousselines dans nos magasins, nous avons pu faire, sans scrupule, ce que nous avions toujours fait; nous n'avons pas choisi, comme vous le dites, pour violer les lois de notre pays, l'époque de son invasion; mais nous avons dû croire que ce qui

C'est à quoi se réduit le langage des détenteurs de marchandises prohibées. La seule réponse à leur faire est celle-ci : Vous avez joué avec tous les calculs de votre prudence, un jeu défendu; les chances de ce jeu, après vous avoir été favorables, tournent contre vous; supportez un mal que vous avez dû prévoir, et ne vous en prenez pas à la loi qui vous avait prévenus du danger et menacés d'une peine.

C'est ici le lieu d'entrer dans une explication importante.

Les détenteurs de marchandises prohibées cherchent à se présenter sous un jour favorable, et à écarter d'eux toute idée de culpabilité.

Leurs opérations n'auraient rien que d'ordinaire; ils seraient des acheteurs innocens qui n'ont fait que céder à la tentation d'acheter une marchandise que la force des événemens aurait amenée jusqu'à la porte de leurs magasins; ils seraient étrangers à l'introduction; et, comme nous l'avons déjà dit, ils n'auraient fait que ce que tout autre eût fait comme eux.

C'est ainsi qu'ils cherchent à s'environner d'une sorte d'intérêt que nous ne leur croyons pas dû.

Achats au dehors.

Sans doute quelques marchandises ont pu arriver de cette manière entre leurs mains; mais s'il est prouvé, comme on l'assure, que la majeure partie de celles existantes ait été achetée au dehors avec l'intention de profiter de la faiblesse des lignes de douanes, pour les introduire en France; que plusieurs détenteurs, au lieu d'avoir attendu paisiblement dans leurs magasins ces offres fortuites si séduisantes, aient entrepris de fréquens voyages pour faire ces achats, traiter de la prime d'introduction, assurer les chances, et veiller à tous les détails de ces opérations mystérieuses; ces circonstances expliqueraient la peine qu'éprouvent nos adversaires, en voyant, comme ils le disent, *divulguer les secrets de leur commerce.*

était permis avant, le serait lorsque des circonstances impérieuses le rendrait indispensable pour continuer notre état. Les tribunaux, en toutes circonstances, ont prononcé en notre faveur, par les jugemens rendus à Lyon, à Turin, à Besançon, à Strasbourg.

L'administration des douanes elle-même, sagement réservée dans l'exercice de sa puissance, nous a fait rendre ce qui avait été indiscrètement saisi hors des lignes des douanes. Nous étions donc placés sous la double protection des tribunaux et de l'administration, et nous avons pu, sous de telles garanties, exercer notre état sans nous croire coupables.

☞ Vous croyez aujourd'hui qu'il a pu arriver ainsi quelques marchandises; vous avez dit ailleurs qu'il en était arrivé pour cent millions, et ailleurs encore qu'il en était arrivé pour un milliard.

Il est possible que des négocians soient allés au-devant de l'étranger; mais la loi les frappe tous, et tous ne sont pas solidaires de la faute d'un ou de plusieurs. On a bien vu plusieurs de vous à Londres et sur d'autres points traiter d'achats de mousselines; faut-il pour cela que tous les fabricans soient accusés de fraude?

Demandez à l'un des fabricans comment, après la prohibition, il fabriqua en un jour une quantité de tissus, qu'il ne ferait pas en plusieurs années? A-t-il perdu son secret, ou voudrait-il faire

Ce commerce alors serait-il si digne de l'intérêt de nos législateurs ? mériterait-il d'être facilité, encouragé même par de nouvelles et atténuantes dispositions dans les lois actuelles?

Les détenteurs se disent ruinés par la réexportation. — Appel à
l'intérêt public.

A les entendre, les réclamans sont ruinés par la réexportation :
nous ne leur répéterons pas qu'ils ont couru volontairement ce
danger; mais nous leur dirons qu'ils ont acheté au prix le plus bas,
qu'ils ont revendu à bénéfice une partie de leurs marchandises.
L'exportation de ce qu'ils ont encore ne peut occasionner le ren-
versement de leur fortune; mais ils veulent le conserver, peut-
être pour le faire servir de couverture à de nouvelles introductions.
Il nous est permis de tirer cette conséquence du refus qu'ils ont
fait de passer les déclarations voulues par la loi.

Enfin, nos adversaires invoquent l'intérêt public. Ne faites pas
sortir de France, disent-ils, des marchandises qui sont devenues
une valeur française, et qui représentent une somme considérable
en numéraire.

Ces marchandises seraient d'ailleurs, suivant eux, l'aliment indispensable d'une industrie très-étendue, celle des brodeuses et des
dessinateurs.

Voilà donc le puissant contre-poids par lequel on prétend l'em-
porter sur l'industrie française.

Nous répondons, quant à la masse des marchandises étrangères,
que plus elle est considérable, plus nous devons insister pour que
le système de la réexportation soit maintenu; car plus cette masse
est forte, et plus long-temps elle fera concurrence avec les pro-

renaître l'occasion de le remettre en usage? Tartuffe ne montrait pas plus de zèle, il était moins perfide.

Nous le répétons, si plusieurs ont acheté directement, ce n'est pas la haute fabrique qui peut leur faire un reproche, car elle a spéculé très-ostensiblement sur les marchandises étrangères, et l'on pourrait atteindre encore dans les mains de ses acheteurs les tissus qu'elle a vendus. S'ensuit-il, de ce que quelques-uns ont fait eux-mêmes la contrebande, que les nombreux possesseurs de tissus étrangers l'aient faite? et cependant la loi n'en excepte aucun. Son effrayante généralité porte la terreur chez une foule de marchands qui n'ont pas même l'idée de la faute pour laquelle on les poursuit.

☞ Les marchandises qui sont venues étaient, à la vérité, à très-bon marché, mais elles se sont vendues aussi à des bénéfices très-modiques; elles ont plutôt servi à entretenir la vente, et à réparer une partie des pertes que leur présence occasionnait pour les marchandises existantes, qu'elles n'ont contribué à augmenter la fortune des possesseurs.

Nous avons prouvé que ce n'est point volontairement que nous avons acquis; il n'est pas moins certain qu'en réexportant, nous serions ruinés. Nos marchandises qui, fabriquées pour le goût français par l'étranger, ont passé par plusieurs mains, si elles étaient vendues hors de France, produiraient difficilement 25 p. 100. Celui qui possède cent mille francs a bien, pour l'ordinaire, pour deux cent mille francs de marchandises; il en retirerait cinquante à soixante mille francs : que lui resterait-il pour ses créanciers? C'est pour eux qu'il a conservé ces marchandises, et non pour les faire servir de couverture à de nouvelles introductions, puisqu'au moyen de l'estampille, que nous avons demandée, il serait impossible de ne pas reconnaître ce qui est entré, de ne pas le distinguer de ce qui entrerait à l'avenir.

Nous avons dans plusieurs circonstances, et par des Mémoires manuscrits, indiqué les moyens les plus propres à prévenir la

4

duits nationaux. Mais il nous est permis de croire que, dans leur intérêt, nos adversaires l'ont exagérée.

Pertes de la réexportation compensées. — Trois cents signatures au Mémoire des détenteurs de mousselines.

D'ailleurs si, par la réexportation et la vente au dehors, la valeur exportée subit une dépréciation fâcheuse pour l'Etat, celle

fraude. Ces moyens, nous les rappellerons encore ; l'on pourra juger si le désir de continuer notre état ne peut point s'accorder avec les intérêts du fisc et celui des fabriques.

Nous invoquons l'intérêt public ; et nous serons entendus : qui oserait nier qu'une valeur perdue pour la France ne soit une calamité ?

Qui ne sait que cette valeur est l'aliment d'une classe digne de la sollicitude du Gouvernement, celle des dessinateurs et des brodeuses ?

Nous ne présentons point cette considération comme contre-poids de vos intérêts, parce que vos intérêts n'étant en rien compromis, ne doivent pas être mis dans la balance du juge ; car l'intérêt seul est la base de l'intervention dans une litige : ou vous n'avez point de marchandises de l'espèce que vous voulez proscrire, ou vous les avez achetées, comme nous, à l'étranger.

Il ne s'agit donc pas de contre-poids ; vous pourriez faire tant que vous voudriez des calicots, des cotonnades, des toiles peintes, sans qu'il fût moins nécessaire de se procurer des mousselines, dont la vente contribue à l'écoulement de ce que vous fabriquez, puisque nos assortimens se composent aussi bien des uns que des autres.

Ce que nous avons dit de la différence de vos produits d'avec ceux que vous poursuivez, répond à tout ; ils n'entrent pas en concurrence avec les vôtres ; qu'il y en ait beaucoup, la perte serait encore sans compensation pour ceux qui seraient spoliés, sans compensation pour vous, qui, malgré votre déplorable aveuglement, vendriez beaucoup moins. S'il y en a peu, votre acharnement fait pitié.

Ce n'est pas nous qui avons exagéré la masse des marchandises étrangères préexistantes en France ; c'est à vous qu'est due cette exagération, dont depuis vous avez été embarrassés.

☞ Notre ruine eût été l'effet nécessaire de la réexportation. Un objet préparé pour le goût français, réexporté chez l'étranger, et

4.

qu'éprouveraient nos marchandises, par le fait seul de la présence des tissus étrangers, sera-t-elle moindre en somme, et n'est-elle pas une triste et réelle compensation? et dès-lors, de quel droit nous accorderait-on la préférence de ces pertes?

Le nombre des détenteurs n'est pas tel qu'on pourrait le juger d'après la longue liste des signatures apposées à l'un des Mémoires qu'ils ont présentés. Si l'on en sépare douze à quinze maisons, les autres sont des lingers et des détaillans de Paris, estimables sans doute, mais beaucoup moins intéressés dans cette question, à raison du peu d'importance de leurs approvisionnemens dans les articles prohibés, et de la faculté qu'ils ont eue, par leur position, de les vendre journellement. L'exemple des maisons de marque avec lesquelles ils sont en relation continuelle par leurs achats, a pu exercer sur eux une influence involontaire, sur laquelle il nous est permis d'appeler l'attention de ceux que pourrait frapper ce nombre de pétitionnaires. Que serait du reste ce nombre, comparé à la masse imposante des individus intéressés dans l'industrie nationale!

en concurrence avec ses produits, pourrait nous faire éprouver une perte de 75 p. 100 et anéantir notre crédit; voilà ce qui est vraisemblable. Ce qui ne l'est pas, ce sont les dommages que vous craignez; les marchandises étrangères qui sont en France, ne sont pas en concurrence avec les vôtres; elles ne sont pas de la même espèce, et les unes ne tiennent pas lieu des autres. Ce qui le prouve, c'est que lors des invasions, et même après, vos marchandises se vendaient 25 p. 100 plus cher qu'aujourd'hui, et cependant les douanes sont rétablies; et si la contrebande introduit quelque chose, ce n'est qu'à l'aide d'une forte prime.

La baisse que vous éprouvez vient de la surabondance, et votre surabondance vient de ce que nos lois prohibitives vont fermer la porte de vos débouchés au dehors. La baisse naît aussi des malheurs des circonstances, et peut-être bien plus encore de l'alarme et des entraves que vous avez portées au commerce des mousselines. Jusqu'à quand la passion vous abusera-t-elle?

Le nombre des propriétaires de tissus étrangers n'est pas tel, en effet, qu'on pourrait l'induire de notre Mémoire, qui n'est revêtu que de trois cents signatures. Il faut y joindre deux cent mille détaillans ou confectionnans plus ou moins compromis par vos persécutions. S'il était vrai que douze à quinze maisons seulement fussent intéressées dans cette cause, pourquoi provoquer une loi générale qui arme tous les agens de l'autorité, qui excite contre nous la suspicion, qui récompense les délations? Serait-il si difficile de surveiller douze à quinze maisons? Mais n'est-il pas ridicule de faire dépendre de ces douze maisons l'existence de vos sept cent mille ouvriers? Tantôt, souples devant l'autorité, vous lui présentez des fantômes pour capter sa protection; tantôt vous réduisez à rien ce que d'abord il vous avait convenu d'exagérer. La vérité triomphe enfin, et vous restez avec le regret d'avoir inutilement outragé la vérité et la raison. Mais vous-mêmes qui vous dites représentans de sept cent mille hommes, et n'êtes que quatorze signataires; vous, leurs organes, leurs directeurs, leurs chefs, ne craignez-vous point d'attirer sur vous-mêmes une sur-

Lingères et brodeuses.

Que les lingères et les brodeuses se rassurent ; l'usage des tissus de coton ne s'éteindra pas ; le goût des broderies se maintiendra ; et quand les broderies étrangères auront disparu de la consommation, quand tous les tissus qu'elle réclame sortiront de nos ateliers, la vente des lingères n'en sera pas moindre, et les brodeuses n'en auront que plus d'occupation. On les abuse, en leur persuadant que, hors les tissus étrangers, il n'est pas de salut pour la broderie. Elles ignorent sans doute que les demandes qui semblent présentées dans leur intérêt, auraient pour effet inévitable de nous inonder, non-seulement de tissus unis, mais encore de broderies étrangères. Les brodeuses de Saint-Gall appuieraient volontiers les mêmes demandes ; mais nous doutons que celles de Tarare et de ses environs fussent du même avis.

Nous avons dit que, non contens de se plaindre de la rétroactivité de la loi, les adversaires attaquaient la loi elle-même.

Saisie à l'intérieur attaquée. — Reproche de la confiscation réfuté.

Tous les efforts des détenteurs se dirigent contre la saisie à l'intérieur. Il est à remarquer qu'elle les effraie même pour l'avenir, et cette circonstance doit rendre le législateur bien circonspect.

Ceux qui prétendraient que la confiscation des objets saisis ne serait pas d'accord avec notre loi fondamentale, n'ont pas aperçu qu'il n'est pas question d'une confiscation générale des biens de la personne saisie (genre de confiscation heureusement aboli), mais de celle de l'objet qui fait le corps d'un délit prévu par la loi. Ce n'est donc ici qu'une véritable amende, telle qu'il s'en rencontre à chaque instant dans toutes les contraventions relatives aux douanes, aux impôts indirects, aux octrois, etc.

veillance bien plus directe que celle que vous appelez sur quatorze négocians qui ne dirigent personne, et n'expriment que leurs propres vœux ?

━━━━━━

☞ Est-ce une ironie ? En vérité, vous ne pouviez la placer plus hors de propos. Ce n'est certes pas de vous, Messieurs, qui filez jusqu'au nᵒ. 120 exclusivement ou inclusivement, ou qui faites des calicots, que nos brodeuses attendent de quoi continuer leur état. Ne parlez pas de ce qui leur est nécessaire, elles le savent bien mieux que vous, qui vous montrez si peu instruits.

A la manière dont les fabricans invitent les dessinateurs et les brodeuses à se rassurer, ne dirait-on pas qu'ils ont des mousselines étrangères à leur offrir ? Il le faut bien, car il est notoire que celles qu'ils fabriquent en France, ailleurs qu'à Tarare, ne servent point à la broderie, et que Tarare n'en fournit pas en proportion des besoins. Ils cherchent à effrayer en parlant d'introduction de broderies étrangères ; ils savent pourtant que toute l'Europe donne la préférence aux broderies françaises : ils affectent donc une frayeur qu'ils n'ont pas.

━━━━━━

☞ Nous nous sommes plaints, non sans raison, de la rétroactivité ; nous n'avons pas attaqué la loi elle-même, mais son action hors des lignes des douanes. Les visites dans l'intérieur effraient pour le présent ceux qui n'ont point exécuté une réexportation qui les eût ruinés ; elles effraient, pour l'avenir, ceux auxquels il ne peut plaire d'être rangés dans une classe de suspects.

Oui, tout bon Français sera effrayé à l'idée de visites domiciliaires pour toute autre cause que pour la sûreté de l'Etat ; et franchement, les mousselines ne méritaient pas qu'on intervertît toutes les idées reçues. Vous, libéraux fabricans, vous auriez à vous repentir plus tard d'avoir porté en France cette peste sociale. Ce n'est pas, au reste, pour l'avenir que nous avons parlé, mais pour

Reproche de vexation et d'arbitraire. — Repos des familles troublé.

On a dit que l'exécution de la mesure des recherches intérieures était arbitraire et vexatoire. Si , en alléguant des vexations, on nous en présentait des exemples; si l'on nous disait que tel commerçant recommandable, et dont les opérations n'ont jamais porté sur des étoffes étrangères, a vu son domicile envahi par suite d'une dénonciation, ou de la jalousie d'un concurrent avide de lui arracher ses secrets; si les réclamans s'étaient vu saisir des marchandises françaises; si le commerce, enfin , avait été troublé par des vexations et des mesures arbitraires de l'administration des douanes; alors, et avec raison, le commerce français se leverait en masse pour réclamer contre une loi, source de tant d'abus, et les fabricans eux-mêmes repousseraient un régime si contraire à leur propre repos.

Mais si cet *effrayant cortége* de *délateurs*, d'*escouades armées*, d'*agens de police* venant troubler le repos des familles , peut *assombrir l'imagination inquiète* de celui qui donne asile à la fraude, il n'inspire aucune crainte au négociant sans reproche.

le présent seul, puisque nous avons demandé que les marchandises fussent marquées.

La confiscation ne serait d'accord avec la Charte qu'autant que le salut public la commanderait, et que le propriétaire aurait été préalablement indemnisé. Il n'y a aucune similitude entre notre situation et celle des prévenus de contraventions relatives aux douanes et aux impôts indirects; ceux-ci ont violé sciemment une loi préexistante; nous, nous n'avons désobéi à aucune loi, et n'avons pu prévoir qu'il en interviendrait une qui réprouverait nos opérations.

Il vous plaît de faire une distinction entre des confiscations de biens et des confiscations de marchandises; c'est divaguer ou éluder la question; il s'agit de nous prouver que l'on pouvait venir saisir chez nous avant la loi du 28 avril : si vous ne le prouvez pas, tout autre raisonnement est vain.

☞ Ce n'est pas sérieusement que vous demandez des exemples de vexations, car vous avez soin de les excuser en ajoutant que celui qui les a éprouvées s'y est exposé. Non, car la loi et l'usage autorisaient ce commerce. On a pu se croire en sûreté en faisant un commerce public, autorisé, imposé même.

L'effrayant cortége de délateurs, d'escouades armées, d'agens de police ne trouble pas seulement le repos de celui qui donne asile à la fraude, il pénètre dans tous les asiles, car la loi n'en excepte aucun. Le négociant honnête, sans avoir l'imagination très-inquiète, peut craindre qu'un ennemi, un rival, un domestique, ou seulement un espion intéressé, ne désigne sa maison aux investigations des douaniers.

Ces opérations sont d'une autre nature que celles de tout le commerce de France, car elles réagissent sur des actes qui, même alors qu'ils ne seraient pas de la nature de ceux recherchés, ne pourraient être justifiés, puisque nous avons démontré l'impossibilité de prouver par des signes certains la nationalité des mar-

5

Ces opérations, pour lesquelles on semble redouter la lumière, sont-elles donc d'une autre nature que celles de tout le commerce de France, que celles des manufacturiers eux-mêmes, qui ne manquent pas de rivaux ni de concurrens, et qui, dans les procédés de la fabrication, ont souvent des secrets à conserver les uns à l'égard des autres? Ils n'ont pas craint ces inconvéniens dans la loi; et les méprises des agens des douanes, sur l'origine de la marchandise, ne leur ont pas paru dangereuses. En résumé, les recherches des agens de la douane n'effraient que ceux qui ont à redouter leurs découvertes.

On nous dit : « Le père de famille doit jouir sous son toit d'une » autorité souveraine. » Nous disons, nous, que le père de famille doit reconnaître l'autorité de la loi, souveraine de tous les citoyens; il doit apprendre à ses enfans à la respecter, et à ne pas se livrer à des opérations qu'elle interdit; alors il jouira sous son toit d'une paix profonde; les douaniers, dont il sera inconnu, n'approcheront pas de sa demeure, et on ne le verra pas réclamer du Gouvernement la suppression d'une loi répressive qui ne saurait l'atteindre.

Boissons, orfévrerie, sujettes à la recherche intérieure.

Hé quoi! les boissons, produit du sol français; le commerce de l'orfévrerie, industrie nationale, seront, dans la maison même du commerçant et du fabricant, sous la surveillance journalière d'une administration publique, et on craindra d'exercer sur des produits étrangers la même sévérité!

La saisie aux frontières, consentie par les détenteurs. — Pourquoi? — Primes d'assurance comparées entre elles. — Point de saisie intérieure, point de prohibition.

On semble faire la concession du système prohibitif, mais restreint aux lignes de douanes; on voudrait, en échange, nous voir

chandises. Déjà des marchandises saisies en vertu de la loi du 28 avril, *ont été reconnues françaises par le Jury*. Les recherches des agens des douanes n'effraient donc pas seulement ceux qui ont à redouter leurs découvertes.

On vous a dit : « Le père de famille doit jouir sous son toit d'une » autorité souveraine, et en effet la morale et l'intérêt de l'État » le commandent. » Vous répondez : « Le père de famille doit re- » connaître l'autorité de la loi. » Personne encore ne vous a dit le contraire ; mais pour que le père de famille la reconnaisse cette autorité de la loi, il faut qu'elle lui apparaisse : or, comment a-t-elle pu être connue lorsqu'elle n'existait pas encore ? Comment le père de famille aurait-il appris à ses enfans à s'abstenir de ce qui n'était pas interdit ? Comment aurait-il soupçonné l'approche des douaniers dans l'intérieur, lorsque leurs fonctions étaient limi-tées à la frontière ? Pourquoi donc aujourd'hui ne demanderait-il pas la modification d'une loi qui ne peut l'atteindre qu'en vio-lant l'un des principes de toute législation, celui de non-rétroac-tivité ?

☞ Les marchands de vin, les orfévres sont aussi exposés à des visites ; mais les maisons des premiers, considérées comme lieux publics, excitent une plus grande surveillance ; le com-merce des seconds s'exerce sur des matières soumises à un titre, à un poinçon, que l'autorité doit vérifier. Ces vérifications ne sont susceptibles d'aucune erreur ; en embrassant ces professions, on en a connu les inconvéniens. Rien ne nous annonçait que nous se-rions recherchés pour des actes que nous n'eussions pas faits s'ils n'eussent alors été licites.

☞ Nous n'avons fait aucune concession du système prohibitif, puisque nous n'avons défendu et nous ne défendons aucun sys-

5.

renoncer à la saisie à l'intérieur. Cette proposition suffit pour démontrer l'intention de continuer un commerce que la recherche
à l'intérieur peut seule rendre impraticable. Pour donner la mesure
des nouvelles entraves que la contrebande y trouve, on n'a qu'à
comparer les primes que la fraude payait aux assureurs, avant la
loi du 28 avril, et celles qu'elle a payées depuis ; leur taux s'est
élevé de 10 à 30 pour 100.

L'assureur se contentait de 10 pour 100, parce qu'il n'avait à
franchir que les lignes de douanes.

Depuis la loi du 28 avril, il a exigé 30 pour 100 et plus,
parce que, de son côté, le propriétaire de la marchandise prohi-
bée a exigé qu'elle lui fût rendue dans son domicile, afin de la soustraire aux dangers de la saisie sur les routes et aux portes des villes.
Voilà pourquoi les recherches intérieures sont insupportables à
ceux qui ne veulent pas perdre l'habitude de ces opérations illicites.
Pour les continuer, ils provoquent une législation de douanes, à
l'ombre de laquelle ils soient à l'abri de tout danger. En effet, si la
marchandise devenait insaisissable après avoir franchi les lignes de
douanes, toute sécurité leur serait garantie; ils n'auraient pas même
besoin d'entrer dans les détails de l'introduction par fraude ; ils
pourraient, du fond de leurs magasins, ordonner des achats au
dehors, faire remettre la marchandise à un assureur de la frontière
qui, moyennant une faible prime, leur en assurerait la remise
en France, ou le paiement de la valeur. Si la marchandise est
saisie au passage, aucun inconvénient n'en résulte pour celui qui
l'avait demandée, car il en reçoit le remboursement, qui souvent
est déposé en main tierce. Si, au contraire la marchandise fran-
chit les lignes, elle jouit à l'instant des priviléges de nationalité ;
elle circule librement sur les routes, arrive dans les magasins des
propriétaires, et s'y vend, sans que personne puisse inquiéter ce
commerce, beaucoup moins chanceux, il faut le dire, que les
opérations des manufacturiers et des armateurs.

Au contraire, que les recherches à l'intérieur soient maintenues ; et ce commerce illicite, gêné dans tous ses mouvemens, in-

tème; nous avons soutenu et prouvé qu'avant la loi du 28 avril, la recherche à l'intérieur n'était point pratiquée.

Ce n'est point aux visites domiciliaires qu'on doit l'élévation de la prime de 10 à 30 p. 100; elle s'éleva sans cette mesure. Cette progression n'est donc point l'effet des prohibitions et des recherches dans l'intérieur, mais bien, comme l'a dit le Ministre, celui de l'excellent service des douanes à la frontière.

Cette déclaration du Ministre décide la question, et rend toute autre réponse superflue; et votre savante théorie sur la fraude est sans application : une seule chose est démontrée; c'est que si les recherches à l'intérieur sont maintenues, n'ayant plus pour objet un commerce illicite, elles gêneront le commerce licite dans tous ses mouvemens; alors, inquiété dans ses circulations, il ne sera fait qu'en tremblant, et tout chef de famille ami du repos des siens se hâtera d'y renoncer; des maisons honorables seront remplacées par de nouvelles. Le commerce jugera bientôt si le Gouvernement et les fabriques gagnent à ce changement.

quiété dans ses circulations, exposant à chaque pas celui qui s'y
livre, ne se fait plus qu'en tremblant. C'est alors que tout chef de
famille, ami du repos des siens, se hâtera de renoncer à des spéculations aussi dangereuses que peu honorables.

La législation doit être variable en fait de commerce. — Danger
de cette doctrine.

En avançant dans l'examen des Mémoires auxquels nous répondons, nous éprouvons un sentiment pénible, en voyant quel peu
de cas nos adversaires font de l'industrie française. Bien loin de
s'enorgueillir de ses succès, de se livrer à l'espérance des nouveaux
progrès qu'elle promet, ils se déclarent ouvertement ses ennemis.

On a imprimé, par exemple, que la législation, en matière de
commerce et de douanes, ne pouvait avoir la même stabilité que
toute autre législation, et qu'elle devait être variable selon les
temps.

Nous demandons d'abord : les motifs qui ont déterminé l'article 59 de la loi du 28 avril ne sont-ils plus? les temps sont-ils
changés? que deviendraient les fabricans, si les lois qui régissent
leur industrie devaient changer tous les ans? quelle sécurité offri-
raient-ils aux capitalistes qui les alimentent? quelle garantie pour-
raient-ils leur présenter, lorsque des causes indépendantes de leur
prévoyance pourraient à chaque instant compromettre leur fortune?

Sans doute quelques détails peuvent subir des modifications;
par exemple, les réglemens relatifs à la sortie des blés doivent être
soumis à l'influence des récoltes et des saisons; mais il n'en est pas
moins vrai que les principes doivent être fixes et invariables. Si
l'on commence à protéger l'industrie, il n'y a pas de raison de lui
retirer cette protection, sans quoi on ne lui aurait tendu qu'un
piége, et nous serions cruellement punis d'avoir fondé nos établissemens sur la foi des lois existantes. Notre exemple serait-il encou-
rageant pour ceux qui, à l'avenir, voudraient former de grands
établissemens industriels en France?

En avançant dans l'examen du Mémoire auquel nous répondons, nous éprouvons un sentiment pénible, en voyant quel peu de cas nos adversaires font de la vérité; ils avancent que nous nous déclarons ouvertement leurs ennemis, et quand ils arrivent à la preuve, ils disent : *On a imprimé que la législation en matière de douanes ne pouvait avoir la même stabilité que toute autre législation.* D'abord, cette particule *on* prouve que la proposition que vous attaquez appartient à d'autres; nous laissons à de plus capables le soin de la discuter. Les auteurs occupés d'économie politique se sont accordés à penser que la législation des douanes devait suivre les progrès ou la décroissance des diverses branches de commerce auxquelles elle s'applique. Il vous convient de soutenir le contraire, à présent que vous avez obtenu une loi qui assure votre monopole; mais le législateur pensera peut-être que s'il est nécessaire de favoriser par des droits ou des prohibitions une industrie nouvelle, ces lois cessent d'être utiles lorsque cette industrie est parvenue à ne plus redouter la concurrence étrangère, et qu'alors il faut, ou les rapporter, ou les modifier, et laisser le commerce suivre son cours naturel.

Si la liberté du commerce était reconnue par nos lois, nous regarderions comme un grand malheur le moindre changement, quoiqu'il fallût peut-être les modifier quelquefois ; mais aussi long-temps que ce principe ne sera pas la règle du commerce de France, nous regarderons la législation comme variable, et nous assurerons avec tous les écrivains éclairés, et qui plus est désintéressés, qu'il faudrait tendre à se rapprocher de cette liberté,

Cotons filés fins.

Nos adversaires prétendent que nos filatures ne pourront pas fournir les cotons filés fins pour la fabrication des mousselines.

Pour répondre à cette objection, il convient de jeter un coup d'œil sur l'état de cette industrie en France.

Les lois prohibitives firent naître des réclamations; on devait s'y attendre; car toute innovation froisse quelques intérêts, et dans ce cas il s'agit toujours de savoir si le bien futur sera plus grand que le mal présent.

A cette époque, les maisons accoutumées à tirer leurs tissus de coton de l'étranger, s'élevèrent contre une mesure qui dérangeait sensiblement leur commerce; elles avancèrent qu'il était impossible

sous peine de se voir tour à tour enlever les plus précieuses branches d'industrie. C'est donc pour l'industrie française, et non pour l'industrie cotonnière, qui est bien loin d'être à nos yeux l'industrie française, que nous plaidons quand nous attaquons les prohibitions. Au reste, nous ne nous sentons aucun orgueil, comme Français, de vous voir filer du coton. Quand nos laines auront obtenu la préférence sans le secours des moyens prohibitifs, nous serons beaucoup plus disposés à nous enorgueillir, parce que nous verrons dans cette extension un accroissement de moyens de nourriture, de culture, d'échange, une source de richesses réelles.

Tant pis pour vous si cette doctrine a du danger ; la justice, malgré sa modération, est redoutable à la violence, comme la vérité est redoutable au mensonge. Vous avez abusé cruellement la nation sur ses intérêts, vous abusez aujourd'hui l'autorité sur la nature de vos produits. Vous avez lieu de craindre, on ouvrira les yeux, et notre plus douce vengeance sera de voir reconnaître des principes qui ne vous feront aucun tort. L'exemple de ce qui s'est passé en 1814, époque où la liberté du commerce n'a point nui à votre industrie, démontre assez que vos craintes sont ou chimériques, ou affectées.

☞ Vos filatures ne peuvent, dans leur état actuel, fournir les cotons filés au numéro nécessaire pour fabriquer des mousselines fines.

Pour le prouver, il suffit de jeter un coup d'œil sur l'état de votre industrie.

Les lois prohibitives firent naître des réclamations, parce que le commerce ne se console pas de pertes éprouvées, lorsqu'il n'est pas démontré que le bien futur sera plus grand que le mal présent.

On suppléa pendant long-temps aux filés communs que vous ne pouviez fournir ; vous parvîntes, avec le temps, à améliorer vos filatures, et l'on cessa d'acheter ailleurs ce que vous produisiez.

que nos fabriques fournîssent les quantités et les qualités qu'elles réclamaient. Si la loi est exécutée, disent-elles, nos manufactures de toiles peintes vont manquer d'aliment, et seront obligées de s'arrêter.

De telles craintes étaient alors pardonnables. Nos manufactures sortaient de l'enfance, et pourtant elles s'engagèrent à fournir aux besoins. On a vu avec quelle rapidité elles ont tenu leurs promesses. Les fabriques de toiles peintes, dont on craignait la ruine, n'ont pas cessé un instant d'être approvisionnées; elles ont été les premières à rendre justice à la supériorité de nos tissus sur ceux de l'Inde, dont elles croyaient ne pas pouvoir se passer.

Qu'induirons-nous de cette circonstance remarquable ? que l'on aurait le même tort de désespérer aujourd'hui des progrès de la filature en France, que lorsqu'on doutait de nos succès dans la fabrication des calicots.

En effet, loin de douter que nos filatures puissent atteindre la perfection desirée dans les numéros fins, il faudrait s'étonner de ce qu'elles ont déjà pu faire.

Marche progressive de la filature. — Succès prouvés.

La consommation réclamait d'abord les nos. 60 et au-dessous, pour la fabrication des toiles propres à l'impression, jusqu'au no. 80 pour les calicots fins : ces deux articles forment la grande masse de la consommation, et nos fabriques y ont pourvu avec succès.

Elles ont cherché ensuite à suffire à la fabrication des percales et mousselines mi-fines, qui emploient jusqu'au no. 120 ; un grand nombre d'entre elles ont atteint ce but.

Aujourd'hui nos filatures vont plus loin : quelques-unes à Paris, un grand nombre à Lille, Roubaix, Turcoing, où l'on s'adonne particulièrement à filer fin, produisent des nos. 120 à 160, d'un excellent emploi. A l'appui de cette assertion, et pour prouver que l'état de la filature de coton en France ne mérite pas qu'on en désespère, nous annonçons que des échantillons viennent d'être en-

Nous rendîmes justice, comme vous le dites, à la supériorité de vos calicots.

Qu'induirons-nous de cette circonstance remarquable? Qu'avant que vous soyez parvenus à filer les numéros élevés, nécessaires à la fabrication des mousselines, toutes celles qui existaient en France avant la loi du 28 avril auront été vendues, et qu'ainsi cette vente ne vous portera aucun préjudice.

———————

Vous avez filé les numéros propres à la fabrication des étoffes destinées à la grande consommation, et, à cet égard, nous avons contribué avec zèle à assurer vos succès; mais votre industrie est ensuite demeurée, elle demeurera peut-être long-temps encore stationnaire.

Vous n'avez jamais filé les numéros fins, vous n'avez fabriqué qu'avec ceux de l'étranger, et pour cette partie vous avez constamment été en fraude, ou fauteurs de fraude. Que l'on consulte un fabricant de bonne foi, il avouera que les filateurs français ne sauraient lui fournir pour la chaîne au-dessus du N° 100, et pour la trame au-dessus du N° 120; ce qui le prouve, c'est que vous payez le numéro 130 aussi cher que le numéro 180, tandis que la différence devrait être en faveur de ce dernier de 25 pour 100.

6.

voyés au ministère de l'intérieur ; ils proviennent de vingt filatures différentes, et quelques-unes atteignent au n°. 196. Tous ces ateliers ne se borneront pas là, leurs efforts tendent à atteindre un plus haut degré de finesse ; mais ce n'est pas l'ouvrage d'un jour. Plus on s'éloigne des bas numéros, et plus les difficultés se multiplient ; les préparations ne sont plus les mêmes, les métiers demandent des modifications , et tous les procédés une extrême précision.

Le perfectionnement dépend de la prohibition.

Les perfectionnemens dans les métiers sont coûteux. Quels fabricans voudraient les faire , s'ils n'étaient pas complètement rassurés sur le maintien de la prohibition actuelle ? Ils les feront si on ne force pas leur industrie à rétrograder par des mesures intempestives ; si, par un aveuglement fatal, on ne sacrifie pas en un jour tant d'années de travaux.

Vous avez adressé au Ministre des échantillons, dont quelques-uns atteignent, dites-vous, au numéro 196; mais ces miniatures ont été envoyées dans les bureaux, et non dans les fabriques.

Certes, s'il s'agissait de prononcer sur un fait d'administration, si surtout on demandait un jugement sur un acte d'honneur ou de probité, tous les Français se soumettraient à la décision de son Exc. le Ministre de l'intérieur; tous reconnaîtraient dans ses lumières et dans sa conduite le précepte et l'exemple; mais pour prononcer sur la beauté de vos filés de coton, nous préférerions à son Exc. le plus médiocre fabricant de Tarare ou de Saint-Quentin, et le Ministre lui-même s'en référerait à son avis : cet avis serait, nous n'en doutons pas, qu'il vous est possible de tirer vos fils jusqu'au numéro 200, mais qu'il est impossible, à lui fabricant, de s'en servir. Lorsqu'en 1809 vous sollicitâtes la prohibition des filés fins, vous présentâtes aussi des numéros 200. D'où venaient-ils, ceux-là? Si vous les aviez filés, pourquoi, depuis, n'en avez-vous pas produit d'autres? Le passé doit nous prémunir contre l'avenir, les ruses connues cessent d'être des ruses.

Permettez-nous donc d'attendre le succès des épreuves qui seront sans doute ordonnées par S. Exc.

Les difficultés que vous prenez soin de décrire pour atteindre un plus haut degré de finesse, indiquent assez que si nos vœux pour le succès de vos efforts ne sont pas vains, il est au moins constant que, de long-temps, vous n'aurez rien à fournir à la consommation : or, il ne s'agit dans ce moment que de prouver que ce qui existe en France ne vous est point nuisible.

☞ Vous pouvez vous abandonner avec sécurité à l'espoir que, dès que vous serez parvenus à filer au degré desiré, aucun fabricant n'achetera à l'étranger ce que vous serez parvenus à lui donner aussi bien et à aussi bon marché. La prohibition n'est pas un lien plus fort que l'intérêt, et l'intérêt vous assure la préférence. Un jour, et nous en formons sincèrement le vœu, un jour peut-être

Nous venons de dire que nos fabricans sont sur la voie de perfectionnemens importans; nous allons plus loin; quand l'honneur de leur industrie ne les y porterait pas, leur intérêt leur en ferait une loi.

La situation actuelle de nos fabriques explique cette proposition.

Les filatures qui existent aujourd'hui, si elles voulaient se borner à filer des numéros bas ou moyens, paraissent être en trop grand nombre pour la consommation de la France (ce qui doit rassurer les esprits craintifs sur le monopole).

Une partie de ces fabriques sera donc forcée, sous peu, de fermer ses ateliers, ou de se livrer à la fabrication des numéros fins; cette fabrication fait même aujourd'hui son espoir, et elle voit avec douleur qu'on cherche à le lui enlever.

Droit proposé sur les filés. — Inadmissible. — Fraude sur les filés fins, rendue facile par le droit.

Pour intéresser l'administration au succès de leurs prétentions, les détenteurs avancent qu'un droit sur les filés fins serait préférable à la prohibition.

Dès l'instant qu'une seule espèce de coton filé cesserait d'être saisissable à l'intérieur, la barrière serait, pour ainsi dire, entièrement ouverte, et nous serions bientôt inondés des produits des filatures anglaises.

Personne n'ignore, en effet, combien le coton filé fin est difficile à distinguer dans ses divers numéros. Il faut un œil plus exercé que celui des douaniers, pour en reconnaître le degré de finesse, qui apporte cependant de très-grandes variations dans le prix. On sait avec quelle facilité les marques et l'empaquetage se dénaturent; combien de moyens cette marchandise présente pour fasciner les yeux du préposé. On reconnaît dès-lors l'impossibilité de la perception régulière et exacte d'un droit qui deviendrait une source de séduction constante. Loin de chasser la contrebande, on en changerait seulement l'objet; car, au lieu de s'exercer en vue de l'in-

l'étranger ne vous sera pas plus redoutable pour les filés fins, qu'il ne l'est à présent pour les calicots ; mais ce jour n'a pas encore lui pour nous.

Vous vous montrez mal avisés dans votre cause, en avouant que votre trop grand nombre vous nuit, vous force à baisser vos prix, et vous forcera bientôt à fermer vos ateliers. La voilà donc connue la cause de votre détresse; elle est avérée par vous-mêmes, elle est dans la surabondance de vos fabrications cotonnières : ce n'était donc pas sérieusement que vous en accusiez les négocians qui, vous le savez bien, ne peuvent rien à cela.

Nous n'avons employé, pour intéresser l'administration, d'autre moyen que le spectacle d'une ruine non méritée, qui n'aurait pour cause et pour effet que le desir d'établir votre monopole, et de vous en assurer l'exclusive jouissance. Ce sont les hommes occupés des moyens de subvenir aux besoins de l'État, qui ont présenté celui d'imposer à l'introduction, non-seulement les filés, mais toutes les marchandises prohibées. Quant aux moyens que vous indiquez pour frauder ce droit, il faudrait être aussi versé que vous, pour en apprécier toute la force. On serait tenté de croire, en vous lisant, qu'il ne serait pas impossible de manipuler, dans certaines fabriques, les tissus étrangers de manière à leur donner une couleur nationale.

troduction, elle s'exercerait dans le but d'un acquittement fraudu-
leux ; mais le fraudeur y gagnerait cet immense avantage, que la
marchandise une fois introduite, ne pourrait plus être recherchée
à l'intérieur : c'est toujours à quoi on en veut venir dans toutes les
demandes dangereuses qui sont présentées.

*Droits sur les articles manufacturés fraudés. — Exemple. —
Nankins.*

Pour prouver qu'un droit sur les produits manufacturés étrangers ne rapporte presque rien au fisc, nous citerons ce qui s'est
passé sur les nankins, depuis qu'ils ont été admis en 1814.

La pièce de nankin coûte à Londres, 3 sch. 9. soit. .　4 f. 85 c.
Frais d'achat, assurance, transport, etc. . . . . . .　0　40
Droit . . . .　2　50
　　　　　　　　　　　　　　　　　　　　　　　　　　———————
Ils doivent donc revenir à. . . . .　7 f. 75 c.

Et on les vend, en gros, sur la place de Paris. . . .　6 f. 50 c.
Il ne faut pas être bien versé en matière de commerce, pour
voir que les négocians qui font celui-là, ont trouvé le secret d'éluder le droit.

Deuxième exemple. — Coton filé.

Voici un autre exemple tiré de notre sujet.
Les filés étrangers furent admis jusqu'en 1810, moyennant un
droit de 7. f. par kil. Le relevé des registres de la douane ne porte
qu'à 3500 kil. environ le poids de ceux qui acquittèrent ce droit

☞ Vous ne prouvez rien si l'abondance des nankins, la saison pluvieuse qui en a empêché l'emploi, la stagnation des affaires, la nécessité de satisfaire aux engagemens, ont déterminé les possesseurs à vendre au-dessous du prix. Cette nécessité a été trop commune dans ces derniers temps, pour qu'elle ne soit pas très-vraisemblable, ou bien vous prouveriez ici l'infidélité des agens des douanes. Ce ne serait pas alors à nous de répondre, le Ministre des Finances a pris soin de le faire, lorsqu'il a dit que cette administration ne compte plus dans son sein que des agens fidèles; si le mal que vous signalez a précédé l'épuration qui s'y est faite, il n'est plus un motif de crainte pour l'avenir. Au reste, Messieurs, ne nous donnez-vous pas le droit de remarquer que tous les objets tarifés peuvent donner lieu à la même infidélité? La liberté de commerce avec des droits modiques et une surveillance très-active s'opposerait au double vice de la contrebande et de la fraude. Tous les gens sensés le desirent par respect pour la morale, par amour pour leur pays : l'égoïsme s'y oppose. Attendons; mais au moins ne rétrogradons pas.

☞ Votre second exemple prouvera deux points fort essentiels : 1°. qu'une prohibition ne remplit jamais le but qu'on se propose; 2°. qu'un droit énorme a le même effet que la prohibition.

Mais rendez grâces au ciel de tels effets; car si vous n'eussiez

7

pendant l'année 1808. La presque totalité de ce qui fut introduit en France trouva donc le moyen de frauder le droit, car il est notoire qu'il en entra considérablement; et l'on fut obligé de les prohiber à la fin de l'année 1809.

Réponses aux demandes formées au nom de Tarare.

On nous objecte que Tarare, pour son tissage de mousselines, ne peut se passer de cotons filés fins étrangers, et que, si on ne les admettait pas, cette fabrique serait perdue.

Nous sommes loin de contester combien cette fabrication est précieuse, moins peut-être par le nombre d'ouvriers qu'elle emploie, et la quantité de ses produits, que par leur beauté : aussi ne songeons-nous pas à isoler nos intérêts des siens; nous considérons sa cause comme la nôtre; notre but commun est celui de toutes les fabriques de France, quelle que soit la matière première qu'elles emploient : c'est de fixer chez nous des moyens de travail et des capitaux. Tarare n'est pas plus exposé à sa ruine par la prohibition des cotons filés fins anglais, que les fabriques de toiles peintes ne l'ont été par la prohibition des calicots étrangers. Nous avons expliqué plus haut, par quelle cause les filatures françaises se sont vues obligées de se livrer d'abord à la confection des fils ordinaires, réclamés impérieusement par les besoins de la consommation; nous avons démontré ensuite comment le grand nombre d'établissemens de filatures leur fait aujourd'hui une loi de s'adonner à la filature du fin.

Pour admettre les fils fins étrangers, il faudrait la conviction intime qu'avec des moyens identiques, des machines semblables, il serait impossible aux Français de faire ce que font les Anglais. Or, nous avons la conviction contraire, et les succès déjà obtenus garantissent que nous ne serons pas long-temps sans pouvoir fournir à tous les besoins de Tarare, qui, au reste, ne manquera pas plus, jusque-là, de filés fins, qu'il n'en a manqué jusqu'à présent.

D'ailleurs, en aucun cas, Tarare ne voudrait, pour une petite

jamais eu de produits étrangers pour modèles, vous n'auriez pas atteint le degré de perfection auquel vous êtes parvenus ; vous n'eussiez fait que des marchandises tellement grossières, que le consommateur eût été bientôt dégoûté de vos produits.

Nous vous objectons encore que, pour son tissage de mousselines, Tarare ne peut se passer de cotons filés fins étrangers, et que si la loi du 28 avril est exécutée, et que vous n'ayiez pas d'avance passé un marché à Londres, cette intéressante fabrique sera paralysée.

Vous déclarez qu'elle emploie peu d'ouvriers, et que ses produits sont en petite quantité. Vous avouez donc qu'elle ne produit pas en proportion des besoins. Comme vous, nous ne séparons point notre cause de celle de Tarare ; il n'est pas de négociant qui n'y ait fait de fréquens voyages, et qui n'y ait acheté tout ce qui s'y fabriquait ; mais la matière manquait, il a fallu chercher ailleurs ce que l'on ne pouvait y trouver. L'espérance que vous lui donnez de lui fournir des fils aussi fins que ceux des Anglais est chimérique.

Nous avons une trop haute idée de nos mécaniciens pour douter de la possibilité de créer des moyens identiques et des machines semblables à celles que les Anglais ont créées ; mais le moment de la moisson n'est pas arrivé, et vous le sentez si bien, que vous vous déterminez franchement à sacrifier Tarare au triomphe de votre système. Vous dites ailleurs : *Tarare ne voudrait pas, pour une petite quantité de numéros très-fins qu'il lui faut, renverser le système prohibitif.* Nous laissons aux fabricans de Tarare le soin de déclarer s'ils consentent à devenir les Curtius de l'industrie cotonnière.

Il nous suffit, à nous, de vous avoir arraché l'aveu que Tarare, la seule ville de France qui fabrique des mousselines fines, en produit peu, n'emploie qu'un très-petit nombre d'ouvriers, et ne se passera pas de filés étrangers, qu sera réduite à fermer ses ate-

7.

quantité de numéros très-fins qu'il lui faut, quantité de peu d'importance, si on la compare à l'immense consommation des cotons en France, renverser le système prohibitif auquel cette ville elle-même est redevable de sa prospérité.

Mousselines étrangères. — Tarare intéressé à leur prohibition.

Nous voici arrivés à un point où nous pourrions laisser parler les fabricans de Tarare eux-mêmes : la demande de l'introduction des mousselines étrangères.

Ici le zèle officieux que les détenteurs manifestaient pour Tarare, s'éteint tout d'un coup. Au lieu de continuer à servir les intérêts de cette fabrique, ils lui portent évidemment préjudice; et si Tarare adhérait aux conclusions de ses prétendus défenseurs, cette ville, vraiment intéressante, apprendrait, mais trop tard, combien on lui aurait fait payer cher les faveurs obtenues en son nom (1).

---

(1) Tarare venait de recevoir récemment des commandes assez fortes en mousselines semi-doubles, pour des maisons d'impression de Mulhausen. Quelques mille pièces sont un objet important dans la fabrication d'une ville qui se borne à 20,000 pièces par an; eh bien! ces commandes viennent d'être révoquées; premier bienfait de l'incertitude où des réclamations inconsidérées jettent le commerce.

liers. La vérité vous échappe. Nous n'aurions pu mieux dire. Expliquez-nous ces paroles : *Tarare ne manquera pas plus de filés fins , qu'il n'en a manqué jusqu'à présent.*

Il est déjà prouvé que l'introduction des mousselines étrangères ne porte aucun préjudice à ceux qui ne fabriquent que des calicots ; à présent, préjudicie-t-elle à Tarare qui fabrique des mousselines ? Non, parce qu'à moins d'être dépourvu, nous ne disons pas de tout amour de leur pays, mais seulement de bons sens, les négocians français n'iront pas chercher au loin ce qu'ils trouveront dans leur pays ; nous vous en donnons pour preuve ce qui s'est passé en 1814. Durant cette année, le commerce a joui d'une grande liberté dans l'intérieur, et cependant, en aucune autre année, la fabrique de Tarare n'a autant prospéré. Cette prospérité s'est évanouie aussitôt que la loi du 28 avril a été promulguée.

Si, récemment encore, une commande faite à Tarare a été révoquée, vous savez aussi bien que nous que nos réclamations n'ont eu aucune influence sur ce fait que vous avez dénaturé.

Une maison d'impression de Mulhausen avait, en effet, commandé à Tarare une partie de mousselines semi-doubles ; mais cette maison s'étant procuré en marchandises étrangères ce qu'elle desirait, elle révoqua les ordres donnés à Tarare. Cette révocation ne fut donc pas, comme vous le prétendez, un effet de l'incertitude où des réclamations inconsidérées jettent le commerce, mais un simple acte de spéculation. On nous assure que les mousselines achetées ont été saisies et confisquées avant d'arriver à Mulhausen. Nous espérons qu'en expiation de cette erreur, et mieux disposée en faveur de l'industrie nationale, cette respectable maison voudra bien renouveler sa commande à Tarare.

Inconséquence de la demande relative aux mousselines. —
Mousselines inadmissibles avec un droit.

Les réclamans ont dit eux-mêmes que Tarare fabriquait les plus
belles mousselines de l'Europe, et rivalisait avec l'Inde. Comment
donc peut-on nous proposer l'admission des mousselines étrangères, et de sacrifier à un intérêt mercantile très-léger, les intérêts nationaux ?

Ici les mêmes objections que nous avons présentées contre la
perception régulière d'un droit sur les filés fins, se reproduisent pour
les mousselines.

Admettre cet article, moyennant un droit, ce serait retomber
dans tous les abus que nous avons signalés à l'égard des marchandises dont les variétés multipliées en qualités et prix sont difficiles
à distinguer. Un droit faible ne protégerait pas les fabriques, qu'il
faut défendre encore dans la lutte qu'elles ont à soutenir contre une
industrie plus ancienne. Un droit considérable serait fraudé ; le fisc
n'y gagnerait rien, et les fabriques seraient ruinées.

Récusation du Jury français peu fondée.

On a fait à la loi du 28 avril dernier le reproche de donner pour
juges aux personnes saisies leurs ennemis naturels. La loi n'a pas
institué le jury de commerce à l'effet de juger le délit, mais bien
de prononcer sur l'origine des marchandises saisies. Quel autre
choix la loi pouvait-elle faire ? Est-il sérieusement à craindre que
des fabricans français déclarent étrangers les tissus faits en France ?
Quel intérêt auraient-ils à poursuivre leurs propres produits ?

Le coton attaqué comme matière exotique. — Par qui ?

Le desir de ressaisir leur ancien commerce, aveugle les détenteurs
de marchandises prohibées, au point de leur faire diriger leurs

☞ Oui, nous l'avons dit, Tarare fabrique les plus belles mousselines de l'Europe; Tarare rivalise avec l'Inde; nous l'avons dit,
nous le répétons, et notre conduite est conforme à cet aveu; car
dans nos achats, nous préférons toujours les mousselines de Tarare. Pourquoi, malgré cette conviction, achetons-nous à l'étranger? Vous venez de répondre pour nous; Tarare ne fabrique pas
plus de 20,000 pièces par an : cette quantité n'est pas en proportion
avec les besoins, et le consommateur appelle nécessairement le
vendeur. Tarare fabrique avec des filés étrangers, et vous voulez
qu'on lui retire son aliment.

Votre argument, tiré des difficultés qu'on aurait à distinguer la
fraude, nous le rétorquons à notre avantage; si les variétés multipliées des mousselines françaises et étrangères sont difficiles à
distinguer, pourquoi, après avoir fait l'aveu de votre incapacité,
demandez-vous qu'on expose aujourd'hui nos propriétés à votre
jugement?

☞ Nous avons demandé, non sans raison, que le jury fût composé
mi-partie de négocians et de fabricans : cet amalgame offrirait à
tous une égale garantie; elle offrirait une déclaration plus conforme à la vérité. Les fabricans ne doivent connaître que les objets
analogues à ceux sur lesquels s'exerce leur industrie; les négocians
qui réunissent dans leurs magasins toutes sortes de tissus, sont
seuls aptes à distinguer les différences et à en indiquer l'origine.

Vous nous demandez quel intérêt auraient des fabricans à con-
damner leurs propres produits; nous avons parlé d'erreurs, et non
de passions.

☞ Nous attaquons le coton lui-même, parce qu'il est exotique et
qu'il devient une des causes de la sortie de notre numéraire, et

attaques, non-seulement contre la loi qui protège les fabriques de coton, mais encore contre le coton lui-même. Ils reprochent aux fabricans d'exercer leur industrie sur une matière exotique. Si ce reproche nous était fait par des fabricans de draps, de soieries ou de batistes, il serait moins choquant. Mais que dire, en voyant des marchands d'étoffes de coton déclarer la guerre au coton? Il est vrai que nos opérations ne sont pas du tout les mêmes. Nous tirons le coton de l'étranger, et nous lui donnons en France toute la valeur dont il est susceptible par des mains-d'œuvre qui se répartissent sur toute la population : eux, au contraire, trouvent beaucoup plus commode d'aller chercher à l'étranger ces étoffes de coton toutes fabriquées. Mais les tissus fabriqués dans l'Inde, en Angleterre ou en Suisse, qu'ils voudraient nous vendre, sont-ils faits avec des cotons récoltés en France? Est-ce que l'origine des cotons, frappée d'anathème, s'épurerait en passant par des ateliers étrangers?

Exemple des Anglais cité mal-à-propos. — Origine de leurs cotons communs. — De leurs cotons fins.

Comme on sait bien que les Anglais ne récoltent pas plus de coton dans les trois royaumes, que la France dans ses provinces, on a pensé que nous nous autoriserions, avec raison, de l'exemple des Anglais, et l'on nous dit que les cotons qu'ils emploient, viennent de leurs colonies ou de leurs échanges avec l'Amérique. C'est avec étonnement que nous voyons faire usage d'un pareil moyen, car personne n'ignore que les seuls cotons produits par les colonies anglaises sont ceux de Surate et du Bengale, les deux plus basses sortes connues; ces cotons, qui suffisent aux ouvriers indiens, parce qu'ils les filent à la main, n'ont pas d'emploi en Angleterre pour les filés fins et les percales; et ce qui le prouve, est le prix chétif auquel ils s'y vendent. Quels sont donc les cotons que les Anglais emploient dans leurs filés et tissus fins? Les cotons de l'Ile-Bourbon sont en première ligne, et ce n'est pas là une colonie

parce que chaque quantité de coton introduite en France rend inutile la même quantité de laine, de chanvre, de lin, auparavant fournie par nos cultivateurs. Vous ne savez que dire en voyant des marchands d'étoffes de coton faire la guerre au coton. Nous allons vous apprendre ce que vous auriez à dire : au lieu de vous livrer à une industrie qui s'exerce sur une matière qu'il faut payer à l'étranger, et vous fait ainsi perdre le bénéfice que vous retireriez en vous exerçant sur une matière indigène, il serait plus avantageux à la France que l'étranger lui apportât encore, comme autrefois, pour 50 à 60 millions de cotons tout fabriqués, que vous payeriez avec nos tissus de soie, de laine, de lin, de chanvre, sur lesquels vous gagneriez à la fois matière et main-d'œuvre; vous enrichiriez ainsi notre agriculture; on donnerait aux travaux une direction qui ne serait pas à la merci de l'étranger; on ferait des échanges avantageux; on aurait un commerce indépendant des chances de guerre et des caprices de l'étranger.

⸻

☞ La discussion sur l'origine des cotons employés par les Anglais est oiseuse; les Anglais sont, par leur marine, les directeurs du commerce du Monde; leurs moyens d'échange les rendent propriétaires de tout ce dont ils ont besoin. Les citations que vous faites sont mal choisies, car tous les pays que vous indiquez commercent presque exclusivement avec les Anglais. S'il s'agissait d'établir le parallèle du génie, du courage, de l'industrie, de toutes les qualités des Français et de celles des Anglais, Français, nous ne céderions en rien; mais chaque peuple, comme chaque sol, a ses avantages; nous en avons que la nature et le génie national n'ont point accordés aux Anglais. C'est donc mal-à-propos que vous prétendez les prendre pour exemple des moyens de se procurer des cotons; il était impossible d'en choisir un plus mauvais; il serait plus mal choisi encore, si la guerre paralysait nos approvisionnemens.

8

anglaise ; ce sont les cotons de Cayenne, et Cayenne n'appartient pas à l'Angleterre ; ce sont les cotons du Brésil, ceux de Georgie, dits *longue-soie ;* enfin, pour la fabrication des tissus ordinaires, les cotons de la Caroline, de la Louisiane et de Georgie *courte-soie.*

Nos échanges avec l'Amérique.

Toutes ces dernières espèces proviennent en effet des échanges de l'Angleterre avec l'Amérique ; mais n'avons-nous pas aussi des échanges à faire avec les États-Unis, et leurs cotons n'en sont-ils pas la principale base ? Si ces expéditions, qui donnent en ce moment la vie et le mouvement à nos ports, viennent à s'arrêter par la ruine de nos fabriques, que deviendront nos exportations de vins, d'eaux-de-vie, de soieries, et de cette foule d'articles manufacturés à Paris et dans toute la France, auxquels cet échange procure un débouché si important ? Nos rélations avec l'Ile-Bourbon, Cayenne, le Brésil, sont-elles donc à dédaigner, et faudra-t-il encore sacrifier notre navigation aux prétentions des marchands de mousselines ?

Nos articles manufacturés en coton sont déjà d'une certaine importance pour le commerce de nos colonies ; faudra-t-il y renoncer ? (1)

---

(1) Si, comme voudraient le faire entendre les réclamans, le coton nuisait aux autres produits de notre sol, si un esprit de rivalité pouvait s'établir entre deux industries nationales, loin que celle du coton pût être redoutable à celle qui s'exerce sur nos laines, nous aurions nous-mêmes à craindre les progrès que nous voyons faire chaque jour à cette fabrication.

L'usage des tissus de laine se répand et s'accroît ; leur prix tend à se modérer par les systèmes de perfectionnement qui s'y introduisent. Cette concurrence peut devenir fâcheuse à nos intérêts, mais nous ne nous plaindrons pas. Nous nous consolerons d'avoir à souffrir du succès des fabriques de laine françaises, mais non de fléchir devant les fabriques étrangères.

☞ L'amour et l'estime de sa profession sont des qualités estimables; elles sont un garant de succès : nous applaudissons donc à la haute idée que vous concevez des effets de votre industrie; cependant elle a des limites, et c'était bien assez de nous avoir montré la France toute entière couverte de vos ateliers, sans vouloir nous persuader encore que l'Amérique aussi fût votre tributaire. A vous entendre, l'Amérique n'aurait autre chose à nous donner en échange que du coton; les flottes ne navigueraient que pour faire arriver dans nos ports des cargaisons de coton, et reporter dans les ports de l'Univers des cargaisons de calicots. Prenez garde à vos exagérations, votre industrie n'est pas inimitable; vous l'avez apprise des Anglais, les Américains l'apprendront de vous ou d'autres; et quand notre système prohibitif aura disposé chaque peuple à s'isoler, et à pourvoir lui-même à tous ses besoins, nos agriculteurs, nos producteurs pourront bien se dégoûter de votre surabondance. Vous semblez pardonner aux fabricans de draps, de toiles, de lutter avec vous; vous voulez bien nous promettre de ne pas vous plaindre; nous doutons qu'ils vous fassent la même promesse.

En retour des produits agricoles et manufacturés que nous fournissons à ces pays, nous recevons une matière première dont la main-d'œuvre quintuple la valeur.

Les registres de la douane attestent qu'en 1815, la masse des cotons provenant de ces échanges s'est élevée à 30 millions de livres pesant.

Main-d'œuvre acquise à la France par la fabrication de coton. — Capitaux en circulation. — Capital immobilisé.

En passant par les différentes mains-d'œuvre de filature, tissage, blanchiment et impression, évaluées, d'après les calculs les plus certains, à raison de 10 fr. par livre, cette matière première représente une valeur manufacturée de 300 millions de francs; ce capital, provenant d'une matière brute qu'on peut évaluer à 60 millions de francs, se répand dans la circulation intérieure, pourvoit à la subsistance de 700,000 ouvriers, et à l'acquittement de toutes les charges imposées à l'industrie.

Ce grand mouvement, cette circulation annuelle de 300 millions, s'appuie sur une autre valeur de 300 millions de capitaux, au moins, immobilisés par leur emploi dans les diverses usines.

Détruisez notre industrie, vous cesserez d'exporter aux États-Unis 60 millions de vos produits, et vous exporterez 300 millions de numéraire pour acheter les tissus de coton impérieusement réclamés par la consommation (1); bien plus, les 300 millions qui ont payé les usines et les mécaniques de cette industrie sont anéantis; ce ne seront plus, entre les mains des propriétaires, que des

---

(1) C'est ainsi qu'une pièce de toile peinte, par exemple, qui représente, dans la circulation, une valeur de 80 à 120 francs, ne coûte à la France que 10 à 12 francs pour prix de cinq livres de coton qui entrent dans sa fabrication. L'achat de matières de teinture étrangères ajoutent peut-être un terme moyen de 4 fr. au coût de cette pièce. Tout le reste est une main-d'œuvre au profit de la France.

☞ Vous nous amenez ici à considérer en face cet épouvantail de ce grand nombre d'ouvriers produisant des montagnes d'étoffes de coton, et en danger, suivant vous, de perdre tout espoir de travail.

Abordons franchement cette grande question; examinons si le nombre d'ouvriers dont vous vous prévalez existe, et si, en le supposant existant, la restitution de nos propriétés pourrait avoir quelque influence sur leurs travaux.

Des fabricans de Rouen ont élevé à plusieurs millions le nombre d'hommes occupés par l'industrie cotonnière : plus modérés, vous voulez bien réduire ce nombre à 700 mille.

Ce calcul n'est ni vraisemblable, ni vrai.

Il n'est pas vraisemblable qu'un trentième de la population de France soit occupé à une seule branche d'industrie; et en effet, divisons vos 700 mille ouvriers en 500 mille tisserands, et 200 mille autres occupés à des mécaniques, à la filature et à la manipulation de la matière de leurs tissus. Vos 500 mille tisserands produiraient chacun trois aunes d'étoffe par jour (ils peuvent en tisser quatre) : en trois cents jours de travail, chacun vous donnerait 900 aunes.

Multipliez ces 900 aunes par 500,000, vous auriez 450 millions d'aunes d'étoffes de coton. Évaluez-les à 3 francs l'aune, elles vous produiraient un milliard 350 millions. Où seraient les consommateurs pour employer et payer ces montagnes de tissus? et

bâtimens, des bois, des métaux sans valeur, puisqu'ils n'auront plus de destination.

cependant, en supposant que la matière première, qui est exotique, n'entrât que pour un quart dans cette valeur, vous auriez, pour l'acheter au dehors, fait sortir de France chaque année 337 millions 500 mille francs ; et cependant vous ne portez dans votre Mémoire qu'à 60 millions le prix de vos achats.

Donc, ou vous n'avez pas 700 mille ouvriers, ou vous faites sortir de France 337 millions 500 mille francs. Votre calcul n'est donc pas vraisemblable ; mais le vrai quelquefois n'est pas vraisemblable. Examinons donc s'il est vrai.

Vous avouez que 30,000,000 pesant de coton, qui vous coûtent 60 millions argent, sont annuellement importés en France. Si l'on consultait les registres des douanes, l'on y verrait que, dans les années les plus prospères, l'importation de la matière première n'a pas été au-delà de 24 millions.

Les étoffes de coton, prises dans leur ensemble, valent au plus 9 francs la livre ; et non 10 francs : nous déterminons la quantité d'ouvriers par le prix de la main-d'œuvre, en procédant ainsi :

Supposons que 24,000,000 pesant de coton fabriqué produisent, au terme moyen de 9 francs la livre . . . . . . 216,000,000 fr.

Il faut en déduire pour la matière brute, achetée à l'étranger à raison de 2 fr. 50 cent. 60,000,000

Bénéfice du manufacturier sur une fabrication qui se renouvelle plusieurs fois dans l'année, de plus l'intérêt des capitaux, établissement et déchet sur le coton, 25 p. ¿. 54,000,000

} 114,000,000

Reste donc 102,000,000

qui servent à substanter les ouvriers : ceux-ci gagnent 2 francs (nous croyons atteindre la vérité, car les ouvriers employés dans cette branche d'industrie gagnent depuis 1 franc jusqu'à 4 francs, et même 5 francs), ce qui produit, pour trois cents jours de travail, 600 francs. Nous divisons ces 102,000,000 fr. par 600 fr.,

Population ouvrière.

Ces évaluations ne sont pas forcées, nos adversaires ne les con-
testent pas; ils se contentent de taxer d'exagération le nombre des

salaire annuel d'un ouvrier, et nous trouverons 170 mille individus. Il est bon d'observer qu'il est une portion assez considérable
de coton qui exige peu ou point de travail, tel celui qui se consomme brut, celui pour éclairer, et celui qui sert à divers autres
usages qui n'exigent qu'un simple cardage. Cependant tout ce coton fait partie des 24,000,000 pesant qui se consomment en France :
cette portion peut être considérée sous le rapport de 1 à 6 ; donc
nous pouvons déduire avec juste raison un sixième des 170,000
mentionnés ci-dessus, et nous ne trouverons plus que 141,667 ouvriers employés par l'industrie cotonnière.

Pour vous combattre encore avec vos propres armes, admettons
pour un instant votre calcul, c'est-à-dire, une consommation annuelle de 30 millions de coton, en déduisant toutefois l'achat de
la matière à raison de 2 francs, au lieu de 2 francs 50 centimes.

Les 30 millions produisent, à votre compte, en marchandises
fabriquées, à raison de 10 fr. . . . . 300,000,000 fr.

Il y aurait à déduire :

Achats de la matière première
à 2 fr. 60,000,000
Bénéfices du manufacturier, in-
térêts comme ci-dessus, 25 p. °⁄₀. . . 75,000,000 } 135,000,000

Reste 165,000,000

lesquels divisés comme ci-dessus, par 600, produisent 275,000 individus ; nous en déduisons le sixième pour la portion du coton
qui n'exige aucun travail, et nous ne trouverions que 229,167
ouvriers, et non 700,000.

Cette opération nous conduit à établir que, d'après les bases
posées par nous, il ne pourrait y avoir que 141,667 ouvriers employés par l'industrie cotonnière, et que, d'après les bases adop-
tées par vous-mêmes, il n'y en aurait que 229,167.

☞ Vous nous présentez les renseignemens qui vous ont été récemment fournis : nous devons vous avertir d'être très en garde contre

9

ouvriers employés à la manutention du coto.. Un de leurs Mémoires, s'appuyant de l'autorité d'un rapport ministériel, ne les
porte qu'à 200,000. Voici ce que des renseignemens, obtenus récemment, nous ont fourni à cet égard.

Les départemens

de la Seine,
— la Seine et Oise,
— l'Oise,

Occupent ensemble. . . . .   30,000 ouvriers.

Ceux de — la Seine-Inférieure . . ⎫
— la Manche. . . . . . . ⎬ 150,000
— l'Eure. . . . . ⎭

Le Haut et le Bas-Rhin   120,000

Les départemens

— du Nord. . . . . ⎫
— de la Somme. . . . . . ⎬ 142,000
— du Pas-de-Calais. . . . ⎬
— et de l'Aisne. . . . . . ⎭

                                         ————————
                                         442,000

Si à ce nombre on ajoute les bras que fournissent à la même industrie les départemens de la Meuse, de l'Aube, de la Marne, de
Maine et Loire, du Rhône, de l'Hérault et du Gard, etc., etc.

Il nous est permis de croire que nous sommes restés au-dessous
de la vérité en portant à 700,000 individus le nombre des fileurs,
des tisserands, des teinturiers, des imprimeurs, des ouvriers travaillant les métaux et le bois, qui trouvent leurs moyens d'existence dans les développemens de notre industrie.

Qu'on ne nous dise pas que cette destination enlève des bras utiles
à l'agriculture. Il est assez remarquable que les départemens où les
établissemens de coton se sont élevés, sont en même temps ceux où
l'agriculture est la plus florissante.

les correspondans qui vous ont si mal instruits; ils vous ont exposés à paraître très-ridicules dans les exemples que vous citez; en voici un pris au hasard. Vous accordez aux départemens du Haut et du Bas-Rhin 120 mille ouvriers : les statistiques de la France portent la population entière du Haut-Rhin à 390,000 habitans;

Celle du Bas-Rhin à 475,000

Total. 865,000

Si donc vous employiez sur ce point 120,000 ouvriers à l'industrie cotonnière, ce serait le huitième de la population : or, à qui persuaderez-vous qu'un individu sur huit soit ouvrier en coton?

Votre exemple est d'autant plus mal choisi, qu'il est notoire que le département du Bas-Rhin n'a pas de manufactures. Le tissage de Strasbourg ne peut altérer cette vérité. La masse d'ouvriers que vous réclamez ne peut donc être recherchée que dans un de ces deux départemens, celui du Haut-Rhin; mais même en le répartissant, comme vous faites, sur les deux départemens, et en appelant tous ceux employés à la filature, au tissage et à l'impression des cotons, comment avez-vous pu vous flatter de persuader que sur 865,000 habitans, 120,000, ou bien un sur huit, vous devaient leur existence? et encore le calcul, pour être exact, devrait soustraire de la masse de la population laborieuse, les vieillards et les infirmes; il faudrait aussi faire la répartition des professions, des travaux, des industries; l'agriculture seule occupant plus des deux tiers des bras, il resterait à peine deux cent mille hommes à répartir entre tous les genres d'occupation. De ces deux cent mille hommes, un quart vit sans rien produire; d'autres sont dans l'armée, dans la magistrature, dans la chicane, dans les sciences. On ne trouverait peut-être pas, hors de l'agriculture, sur 865,000 habitans, cent mille ouvriers employés à tous les genres de main-d'œuvre : comment donc avez-vous pu dire que vous en employez cent vingt mille à la seule fabrication des tissus de coton?

9.

Ces proportions sont bien plus invraisemblables en procédant sur la population des autres départemens.

Il nous est donc permis d'affirmer que vous êtes restés au-dessous de la vérité, en portant le nombre de vos ouvriers à 700,000.

Vous l'avez si bien senti, que vous vous êtes empressés d'appeler pour auxiliaires, comme étant en contact avec vous, les ouvriers travaillant les métaux, les bois, etc. Encore un ou deux Mémoires aussi forts en raison que celui auquel nous répondons, et, vos progrès allant toujours croissant, vous mettrez la France toute entière dans du coton; vous nous soutiendrez que c'est exclusivement pour vous que la mer baigne nos côtes, pour vous seuls que nos terres sont arrosées par de grands fleuves; peut-être même que le soleil ne fut créé et ne luit qu'afin d'éclairer les conquêtes de l'industrie cotonnière.

Nous ne croyons pas avoir fait assez en démontrant que toute votre industrie cotonnière emploie au plus 141,000 ouvriers; il faut encore rassurer sur le sort de ces 141,000 ouvriers.

Suivons donc leurs travaux, et montrons que, quel que soit leur nombre, les produits qu'ils donnent n'auront à redouter aucune concurrence de l'obtention de notre demande, par la raison que votre industrie ne s'exerce pas sur les objets dont vous voulez nous dépouiller.

On peut diviser le commerce de tissus de coton en deux classes bien distinctes : la première embrasse la partie dite de rouennerie, calicots et toiles peintes; la deuxième est restreinte aux mousselines et lingeries.

La première emploie presque tous les ouvriers; la deuxième n'en occupe pas plus de 7 à 8 mille. Les productions de la première sont à peu près garanties de toute concurrence étrangère, par leur perfection et par leur prix. Aucun de nous n'a donc pu acheter au dehors ce que vous lui fournissiez en France en meilleure qualité et à meilleur marché. Ce fait est prouvé par l'état de nos magasins.

Les productions de la deuxième classe sont belles, mais ne sont

pas en proportion des besoins, ni appropriées à tous les besoins. Il a donc fallu que nous nous procurassions au dehors ce que vous ne pouviez nous fournir ; il a même fallu que vos fabricans de cette deuxième classe allassent chercher chez l'étranger les fils nécessaires à leurs travaux.

Ainsi, les nombreux ouvriers employés par la première classe n'ont rien à redouter de la concurrence ; ceux de la deuxième, qui sont en très-petit nombre, sont assurés de vendre tout ce qu'ils pourront fabriquer, et ils ne seraient en danger de manquer d'ouvrage, qu'autant que la prohibition sollicitée les priverait des filés fins dont ils ne peuvent se passer.

Tel est le genre et l'emploi de la fabrication française. Cette vérité peut être démontrée par un fait irrécusable : que l'on interroge l'administration des douanes, l'on acquerra la certitude que, dans toutes les marchandises saisies reconnues étrangères, on n'a pas trouvé une seule pièce de tissus analogues à ceux que fabriquent Rouen, Lille, Roubaix, Amiens ; mais Saint-Quentin et Tarare seuls pourraient offrir quelque similitude avec les marchandises saisies, et nous avons prouvé que Tarare n'avait jamais cessé de trouver l'écoulement avantageux de ses produits.

Voici à présent nos rapports avec l'étranger.

Tout récemment, les fabricans de Rouen ont fait des expéditions aux États-Unis, et les y ont réalisés avec bénéfice, malgré la concurrence des Anglais. Les tissus de Rouen, reconnus pour être supérieurs à ceux fabriqués par l'Angleterre, tant par la perfection du travail que par l'éclat et la solidité des couleurs, n'ont aucune concurrence à redouter, et par conséquent la confiscation sollicitée ne leur est d'aucune utilité. Nous ajouterons même qu'elle leur est nuisible, par les justes représailles auxquelles elle peut donner lieu ; et c'est par ce motif sans doute que l'Espagne a imité l'exemple d'intolérance commerciale que nous lui avons donné par la loi du 28 avril, et a prohibé l'importation des tissus manufacturés en France.

Cette prohibition accablante pour nos manufactures, et particulièrement pour celles de Rouen, de Laval, qu'elle prive d'un débouché immense, est en partie la cause de l'état de détresse dont elles se plaignent.

Les fabriques d'indiennes ont acquis en France un degré de supériorité incontestable sur les fabriques d'indiénnes anglaises.

Ce qui le prouve de la manière la plus évidente, c'est que ces fabriques trouvent un avantage à exporter journellement leurs produits, et qu'aux foires de Francfort et de Leipsick, où les indiennes anglaises affluaient concurremment avec les nôtres, ces dernières se sont vendues avantageusement : les négocians anglais, spectateurs de notre triomphe, ne vendaient pas la dixième partie de leurs immenses assortimens.

Vous vous vantez encore avec raison des progrès que vous avez faits dans la fabrication des toiles de coton, dites *calicots :* ces progrès sont tels, que vos produits en ce genre, supérieurs à ceux de l'étranger par la perfection des tissus, le sont aussi par le bas prix auquel vous pouvez les livrer à la consommation.

Cette vérité est si bien reconnue par le commerce, qu'en 1814 et 1815, lorsque la rupture de nos lignes de douanes permit de se procurer sans aucun frais les calicots étrangers, nul spéculateur n'en fit introduire, parce qu'ils lui eussent présenté une perte certaine. Les fabricans de calicots n'ont donc plus aucune concurrence étrangère à redouter, et la prohibition qui s'exercerait sur d'autres produits que les leurs ne leur serait d'aucun avantage, et pourrait aussi leur devenir funeste.

Cependant, si nous avons démontré que la prohibition n'est point utile aux fabricans de calicots; si, loin d'être avantageuse aux manufacturiers de rouenneries et d'indiennes, elle peut au contraire leur être nuisible, en engageant les nations dont nous prohibons les produits à user du droit de représailles, et à repousser les tissus que ces fabriques exportent avec avantage, à qui donc la prohibition peut-elle produire quelque bien? et à qui le Gouvernement sacrifierait-il le repos et la fortune de 30 mille

10

Intérét des consommateurs.

En thèse générale, on prétend que le système des prohibitions est nuisible à l'intérêt des consommateurs, parce qu'il produit augmentation dans le prix des objets de nos fabriques, en éteignant la concurrence étrangère.

Il est impossible d'avancer une assertion plus fausse. Des faits irrévocables vont montrer ce que le consommateur a gagné chez nous, au contraire, à la prohibition.

familles qui vivent du seul commerce des mousselines, et fournissent des moyens d'existence à 40 mille commis, brodeuses et domestiques qu'elles emploient? Quel est donc le grand intérêt qui pourrait faire considérer comme utile et permise la ruine d'un grand nombre de commerçans qui, sur la foi que les lois doivent inspirer, ont acheté des marchandises dont la circulation était libre, dont l'achat et la propriété n'étaient pas punissables? Quel est donc ce grand intérêt? quelle est la passion aveugle qui dispose les fabricans à demander à un Gouvernement paternel et réparateur de se servir des moyens odieux de la délation, et de l'encourager par un infâme salaire; par les visites domiciliaires, contraires à l'esprit de la Charte, et destructives de toutes nos libertés? A qui donc croirait-on devoir sacrifier une partie intéressante du commerce français? à 7 ou 8 mille ouvriers qui, à Saint-Quentin et à Tarare, fabriquent des mousselines, des gazes et des percales à jour, auxquels les articles étrangers de même nature peuvent faire craindre quelque concurrence. Mais encore ces même 7 à 8 mille ouvriers ne peuvent point exister ni fabriquer sans le secours des cotons filés anglais, qui sont compris dans la proscription générale dont la loi a frappé les produits de l'étranger.

Vos ouvriers, en quelque nombre qu'ils soient, sont donc tout-à-fait sans intérêt dans cette discussion.

☞ La thèse générale que le système des prohibitions est nuisible à l'intérêt des consommateurs, est soutenue par tous les bons esprits; elle est démontrée, dans les détails, jusqu'à l'évidence par l'expérience de tous les temps, et en l'appliquant à tous les genres de consommation; elle est encore plus palpable, appliquée à votre monopole.

Vous ne persuaderez personne que vous veuilliez vous garantir de toute concurrence afin de donner à meilleur marché. Les

10.

Influence de la prohibition sur le prix des articles de coton en
France. — Baisse.

L'article connu sous le nom de *Tricot de Berlin* se vendait
de 3o à 36 francs l'aune, lorsque nous l'achetions des Anglais ; aujourd'hui, Saint-Quentin qui le fabrique, le livre en commerce
aux prix de 4o à 5o sous l'aune, suivant la qualité.

Jusqu'en 18o5, les basins anglais ont valu en France depuis 5 fr.
jusqu'à 7 francs 5o centimes ; maintenant que nous fabriquons ce
même article, le consommateur ne les paie plus que 2 francs 5o
centimes, à 3 francs.

Au temps où les tissus de coton nous arrivaient du dehors, en
payant un droit d'entrée de 5o francs par quintal métrique, un
calicot de soixante-dix portées se vendait 3 francs 5o centimes
à 4 francs l'aune; ce même calicot, fabriqué par nous, se vend
de 2 francs à 2 francs 5o centimes.

Le coton filé, n°. 5o, qui valait en 18o5 de 11 à 12 francs la
livre, vaut aujourd'hui 4 francs 25 centimes à 5 francs 25 cent.

Une baisse très-sensible a eu lieu également sur les mousselines
de Tarare.

Nous pourrions étendre nos citations aux autres articles dont
la fabrication s'est naturalisée parmi nous : tous présentent les
mêmes différences de prix.

faits irrévocables dont vous parlez, prouvent seulement que vous êtes forcés, par l'extension démesurée de votre industrie, de baisser les prix jusqu'aux dernières limites, et que, par cette raison, vous n'auriez, quand on renverserait toutes les barrières, rien à craindre de la concurrence étrangère pour tout ce que vous faites. Nous le savions déjà ; les prix de vos produits sont les mêmes que ceux de Manchester, tant pour vos calicots que pour vos cotons filés. Quels motifs pourraient engager à faire venir les mêmes articles ? aucun. Il s'ensuit donc que la demande, ou plutôt le desir des marchands de mousselines, ne peut en rien vous nuire, puisqu'ils ne se procureraient que ce que vous ne faites pas. Il ne faut pas, en effet, faire de grands efforts pour vous persuader que le commerce n'achète pas à l'étranger avec la certitude de perdre.

☞ Vous avez vous-mêmes pris soin de répondre, en nous assurant que le trop grand nombre de fabriques vous forcerait bientôt à fermer vos ateliers ; ce n'est donc pas l'influence de la prohibition qui vous a forcés de baisser vos prix, mais bien votre propre concurrence, portée à un tel excès, qu'il faut que vous perdiez sur vos produits, ou que vous ne les vendiez pas. Cette baisse est un mal que votre téméraire entreprise a amené, et non un effet de la prohibition ; car si vos fabriques n'eussent été établies que dans la proportion des besoins, la prohibition aurait eu un effet tout contraire à celui que vous lui attribuez.

Ces faits sont à la connaissance de tout le commerce et du consommateur lui-même ; ils se sont passés sous nos yeux, ils sont de la vérification la plus facile. Comment, lorsqu'on les connaît, peut-on réclamer contre la prohibition, *au nom du consommateur ?* Nous demanderons à tous les consommateurs de France, s'ils ont jamais vu les articles de coton aussi bon marché que nous les leur vendons aujourd'hui. Ici nous nous permettrons de rappeler qu'en 1814, les efforts qu'on dirige aujourd'hui contre la fabrication du coton, on les dirigeait contre les raffineries de sucre. A entendre les agresseurs de cette époque, les raffineurs français ne pouvaient fabriquer assez pour notre consommation. Le maintien de la prohibition des sucres raffinés allait en élever le prix au-dessus des moyens du consommateur. Qu'arriva-t-il? la prohibition fut maintenue ; et dès ce moment, les sucres qui valaient alors 42 sous, tombèrent à 35, prix auquel ils sont encore aujourd'hui.

Les mêmes motifs qui décidèrent, en 1814, le maintien de la prohibition des sucres raffinés, se reproduisent ici avec bien plus de force.

L'industrie des raffineurs était ancienne, et avait moins besoin de protection. On évaluait à 20,000 le nombre des ouvriers qu'elle faisait subsister, à 30 millions la masse des capitaux qu'elle employait. On a vu quel est le nombre d'ouvriers, la masse des capitaux employés dans les fabriques de coton.

Objet de la prohibition en général. — Agriculture liée à l'industrie.

Le but primitif de toute prohibition est de garantir une industrie nouvelle contre les invasions journalières d'une industrie ancienne. Elle établit d'abord un prix un peu élevé ; mais elle fait en même temps un appel à tous les capitaux, à tous les hommes industrieux, qui viennent en foule exploiter ses avantages. Bientôt une concurrence intérieure tourne au profit de la consommation ; les procédés de la fabrication se perfectionnent chaque jour, les profits du

☞ Une fabrique, dans son origine, doit être protégée ; établie, elle doit être abandonnée à ses propres moyens, et régie par la loi commune ; car les priviléges nuiraient aux autres fabriques, et vous en êtes une preuve. Le passé vous garantit l'avenir ; vous avez été heureux, vous voulez plus ; vous semblez dire : Nous ne pouvons prospérer que quand il n'y aura que des fabricans et des consommateurs ; il faut détruire les marchands intermédiaires pour que.

fabricant diminuent, une industrie nouvelle est conquise, et le monopole étranger est détruit.

Cet encouragement que nos établissemens ont reçu de la prohibition, en a multiplié le nombre au point qu'ils couvrent aujourd'hui la France. De cette forte concurrence intérieure est résulté que les prix de nos tissus sont tombés aujourd'hui, nous le répétons, plus bas qu'on ne les avait jamais vus. Par suite de nos efforts et de la prohibition, nous voyons ces mêmes articles tombés à vil prix sur les marchés extérieurs; mais n'oublions pas combien la mévente a engorgé ces marchés. Si nous ouvrons de nouveau les barrières, si nous laissons écraser les manufactures françaises, nous ne pourrons maintenir de nouveau l'équilibre. Les fabricans du dehors, après avoir fait des sacrifices momentanés pour écouler des marchandises qui les surchargent aujourd'hui outre-mesure, hausseront leurs prix dès qu'ils seront certains de nous avoir renversés bientôt, et nos consommateurs se retrouveront dans leur dépendance.

On parle souvent du consommateur, et l'on oublie quel avantage il trouve lui-même à voir s'établir à côté de lui une industrie nouvelle. Il est peu de *consommateurs* qui ne soient aussi *producteurs;* et il n'est pas de produit qui ne gagne en valeur, et qui ne se vende plus abondamment lorsque la classe nombreuse que font vivre les manufactures se présente pour acheter ces produits. Loin que l'industrie des manufactures fasse tort à l'agriculture, loin qu'il s'agisse ici de favoriser l'une aux dépens de l'autre, toutes deux se soutiennent; leur heureuse concurrence établit un échange de consommations et de produits, une circulation, une vie intérieure qui fait la vraie richesse de l'État; toutes deux elles alimentent les revenus du fisc. On peut dire que l'agriculture est elle-même une industrie. On peut dire que les manufactures forment comme un second sol, une source de produits indépendante de l'influence des saisons, et qui ajoutent à la valeur du sol véritable. Que le législateur ne sépare donc point, dans sa bienveillance, ces deux sources abondantes de *production*, de *tra-*

nous puissions exploiter à notre aise ; et c'est là pour nous l'objet de la prohibition en général. Les consommateurs ne penseront pas comme vous.

Les hommes instruits dans la matière qui nous occupe, vous répondent à notre place. Tous les cas des lois prohibitives se réduisent plus ou moins à celui-là. Les prohibitions changent la vraie route de l'industrie nationale ; elles font ériger des manufactures moins lucratives au préjudice de celles qui le sont davantage ; tandis que le commerce libre soutient les seules manufactures vraiment enrichissantes, et leur donne cette prépondérance, cette perpétuité de succès qui font, pendant des siècles, la richesse des nations.

Après vous avoir laissé réfléchir sur de telles vérités, nous nous contenterons de vous demander ce que vous entendez par le monopole étranger. Nous vous comprenons d'autant moins, que les objets du commerce dont il est question, étaient fabriqués à la fois chez plusieurs nations étrangères, et que la France n'étant pas forcée d'acheter plutôt à l'une qu'à l'autre, la liberté du choix la garantissait du monopole. En est-il de même, lorsque repoussant subitement toute concurrence par une prohibition, le manufacturier est sûr de vendre à quelque prix qu'il établisse, soit qu'il fasse de bonnes marchandises, soit qu'il n'en produise que de mauvaises ?

Tout ce que vous dites ici des rapports de l'agriculture et de l'industrie, est vrai quand il n'y a pas de prohibition, et devient faux quand l'industrie ne s'élève que par son secours.

Dans le premier cas, l'industrie marche graduellement sans détourner les capitaux des emplois lucratifs qu'ils avaient, sans arracher, par la hausse de la main-d'œuvre, les ouvriers à d'autres travaux : tout s'équilibre alors, tout est bien ; le consommateur ne paie pas plus cher ; chaque industrie entretient la même quantité de bras, ou reverse ceux qui ne trouvent plus d'ouvrage par le changement de goût ou d'habitudes : dans le second, au contraire, il faut produire, quelque prix qu'il en coûte, car il faut que les besoins soient satisfaits ; on arrache les ouvriers à la culture ; on

11

vail, c'est-à-dire, de prospérité pour les États. Il ne peut commettre d'erreur en favorisant tous les genres de travail.

Avantage pour le consommateur de la fabrication intérieure.

Veut-on savoir pourquoi nos détracteurs préfèrent tirer la marchandise du dehors? c'est parce que le consommateur est aujourd'hui trop voisin du fabricant, et qu'il ne laisse plus au commerce intermédiaire la faculté de régler arbitrairement ses bénéfices; c'est parce que le détaillant, initié aujourd'hui au secret de la fabrication, sait faire le compte du manufacturier, et par cette connaissance, devenue populaire, fait jouir le consommateur de tous les avantages de la concurrence nationale. Ainsi donc ce serait pour l'intérêt des intermédiaires, qu'on sacrifierait celui des producteurs et des consommateurs!

Mais, dira-t-on, rien ne peut remplacer l'usage des mousselines de l'Inde.

Tissus de l'Inde prohibés en Angleterre. — Pourquoi les recevrions-nous?

Eh quoi! ces tissus que l'Angleterre fait fabriquer à son profit, mais dont elle s'interdit l'usage, seraient, en France, des objets d'une nécessité indispensable!

En Angleterre, la Compagnie des Indes a seule le droit de vendre les tissus de l'Inde. Ces ventes qui sont publiques, et qui ont lieu à des époques fixes, se font à charge de réexportation. La faible portion de ces tissus, dont la consommation est permise,

abandonne des industries précieuses qui ne peuvent cependant les payer aussi cher que le fait la branche protégée par la prohibition; l'ardeur du monopole pousse indiscrètement les capitaux dans une voie nouvelle; tout équilibre se rompt, tout est mal. N'est-ce pas la courte, mais trop véritable histoire de l'industrie *cotonnière?*

☞ Soixante millions d'achats annuels de coton, et 700 mille ouvriers constamment employés et salariés, ne vous permettent encore de produire que 300 millions de valeur, et vous osez regarder votre industrie comme avantageuse pour la France. Vous ressemblez à cet homme qui demandait une pension parce qu'il avait l'honorable avantage de manger autant que sept. Vous savez, Messieurs, ce que le bon Henri lui répondit : Faites-en votre profit.

Ceux que vous appelez vos détracteurs ne peuvent tirer du dehors que ce que vous ne faites pas, par la raison simple qu'ils ne pourraient se procurer ailleurs et à meilleur marché ce que vous êtes en état de faire; le motif que vous alléguez est pitoyable. Le détaillant achète après avoir regardé votre marchandise, et non pas après avoir fait le compte du prix auquel il doit vous revenir. En avez-vous vu beaucoup qui vous aient acheté la balance à la main? Ce serait cependant un instrument nécessaire pour faire votre compte. Vous auriez dû penser que vous répondiez à des marchands non moins instruits que vous des usages et des habitudes du commerce, et devant des consommateurs qui n'ignorent pas les avantages de la concurrence.

☞ Les tissus de l'Inde ne sont point prohibés en Angleterre; ils s'y vendent, à la charge de les réexporter; mais l'acheteur, en payant un droit de 35 p. 100, a la faculté de les livrer à la consommation intérieure.

Qui vous dit, d'ailleurs, de laisser entrer tout, sans un droit équivalent pour vous à la prohibition, et plus utile au Gouvernement?

11.

paie un droit énorme, équivalant presqu'à une prohibition absolue. L'acheteur ne peut se soustraire à ce droit, ni en frauder une partie, puisqu'il est perçu sur les prix fixés par des enchères publiques ; mais l'esprit national est tel en Angleterre, que la quantité de marchandises de l'Inde qui s'y consomme, n'est pas la millième partie de la masse qui s'exporte.

Si, dans l'intérêt de leur industrie intérieure, les Anglais eux-mêmes repoussent de leur consommation les produits fabriqués de leurs propres colonies, quel motif aurions-nous de les accueillir, et de servir d'instrumens à une exploitation qui ne tourne qu'à leur profit?

Exemple désastreux de la Belgique ; ses fabriques ruinées. — Ses ouvriers forcés de s'expatrier.

Douterait-on des effets que produirait l'admission des marchandises étrangères? Qu'on porte ses regards sur la Belgique. Par sa situation politique, elle a été forcée d'admettre les produits étrangers. Les marchandises anglaises y sont amoncelées ; les fabriques belges sont fermées ; des plaintes générales se sont élevées, et la partie manufacturière de la nation y est au désespoir. Les ouvriers, forcés d'aller chercher leur existence hors de leur patrie, viennent mendier du travail dans les fabriques de nos départemens frontières. Lille, Turcoing, Roubaix, les voient affluer. Les malheureux ignorent quels efforts on fait ici pour nous placer dans la même position !

L'Angleterre n'a pas, au reste, les mêmes besoins de mousselines que la France; on n'y brode pas. A qui ferait-on croire
qu'elle prohibât les mousselines, si elles lui étaient aussi nécessaires
qu'à nous? Remarquez la différence de conduite de l'Angleterre; elle
a constamment admis tous les genres de mousselines et tissus blancs
de l'Inde, en concurrence avec ceux de ses fabriques. Le droit
existait avant qu'elles eussent pris naissance; elle l'a augmenté,
et depuis la concurrence a subsité. Cette heureuse concurrence est
la cause principale de la perfection et de la variété des produits
des fabriques anglaises en tissus de coton. Si la concurrence étrangère n'eût point eu lieu, le manufacturier n'aurait sans doute eu
aucune raison pour que le consommateur ne se contentât pas de
calicots et de percales communes, et jamais on n'eût imité les beaux
tissus de l'Inde. Tarare s'est élevé au milieu de toutes les concur-
rences, au temps d'une introduction libre. Il a suivi, dans sa
fabrication de mousselines, la progression de perfectionnement
des filés fins anglais; il n'est jamais resté au-dessous; on lui donnerait des filés plus fins encore, qu'il saurait les tisser. On n'en
pourrait pas dire autant de la Suisse. Douterez-vous, après cela,
que la perfection ne soit indépendante de la prohibition?

☞ Ici notre réponse est simple : la misère est générale en Europe,
et d'autant plus grande pour la Belgique particulièrement, que,
détachée depuis peu d'un royaume de consommateurs, elle a cessé
d'y trouver des débouchés pour ses produits; ce n'est pas parce
que les marchandises anglaises s'y sont amoncelées, qu'elle gémit,
c'est parce qu'elle ne peut plus nous livrer les siennes en échange
des nôtres.

La Belgique, privée de ce que nous lui donnions pour ses draps,
ses casimirs, ses toiles, depuis que le commerce languit, ne peut
nous acheter nos soieries, nos vins, et beaucoup d'autres articles
dont elle faisait un grand usage. Elle est privée du double bénéfice
des échanges, et nous en prive par contre-coup.

Effets pour nous-mêmes des réclamations contre la loi du 28 avril.
— *Rouen.*

Quels ont été déjà pour nous les effets de l'inquiétude générale qu'ont fait naître les réclamations de nos adversaires? Stagnation complète dans notre commerce; réduction dans la fabrication; et enfin, réforme dans le nombre des ouvriers de la plupart de nos établissemens. Dans quel moment? Lorsque la rigueur de la saison, la cherté des subsistances rendent ces réformes dangereuses. Rouen, cette ville industrieuse, où toute la population est manufacturière, placée si près de nos regards, nous offre un triste exemple de ce que nous avançons. Il ne se passe pas de semaine qui n'ajoute quelques mille ouvriers à ceux qui n'ont plus de ressources que dans la bienfaisance publique.

Demandez aux marchands de vins, aux fabricans d'étoffes de soie, de bijouterie, de meubles, à nos entrepreneurs de broderies, s'ils ont fait en Belgique les mêmes envois que précédemment.

Vous dites et faites dire que notre demande d'une modification à la loi du 28 avril est cause d'une inquiétude générale dans les fabriques, et de la stagnation des affaires. Si vous avez trompé vos lecteurs, un court exposé les désabusera bientôt. L'industrie cotonnière n'a plus de grands entrepreneurs que pour les filatures; quelques exceptions ne détruiraient pas la vérité de notre assertion. Il s'ensuit donc que les nombreux ouvriers qui nous donnent des produits sont divisés à l'infini; notre réclamation n'a eu lieu que quelques jours après que la prohibition d'Espagne a été connue : cette prohibition a fait baisser tous vos produits de 10 à 15 p. 100. Voudriez-vous faire peser sur nous le poids de ce nouveau malheur, comme vous avez voulu déjà nous rendre solidaires de celui des invasions? Bien loin d'ailleurs que notre réclamation ait pu avoir l'effet que vous lui attribuez, elle aurait donné des acheteurs de plus à la fabrique. Vos fabriques prospéraient avant la loi, malgré la quantité de marchandises étrangères qu'on vendait en concurrence avec les vôtres; depuis qu'on est obligé de les cacher, vous ne vendez plus les vôtres : quelle autre preuve vous faut-il de l'effet désastreux pour vous-mêmes de la loi dont vous sollicitez indiscrètement le maintien? Rouen, que vous citez mal-à-propos, est la ville la moins intéressée à la prohibition des mousselines, et nous avons dû être étonnés de la voir suivre aveuglément les instructions que vous lui aviez données.

Le Mémoire qu'elle a envoyé pour appuyer le vôtre, ne prouve pas plus que notre ruine soit nécessaire à sa prospérité, qu'il ne prouve qu'il y ait deux millions d'ouvriers employés par son industrie.

Les tissus que vous proscrivez n'ont aucun rapport à la rouennerie; rien de ce genre n'a été introduit, même à la rupture des

Prohibitions chez les nations étrangères.

Si tant de motifs ne se réunissaient pas pour le maintien du système de la prohibition, la situation actuelle de toute l'Europe, et l'exemple de toutes les nations suffiraient pour nous en faire une loi. L'Espagne, la Russie, l'Autriche, le Piémont, prohibent; l'Angleterre a toujours prohibé : la saisie à l'intérieur y existe de temps immémorial, et certes on ne peut avancer que le commerce ne soit protégé dans ce pays, dont l'exemple fait autorité en législation commerciale. On ne peut pas dire que la nation anglaise ne soit d'ailleurs aussi jalouse qu'aucune autre de ses libertés. Nous ne devons pas, au reste, oublier que, si l'Angleterre prêche à l'Europe la liberté illimitée du commerce, elle se garde bien de la consacrer chez elle. Imitons sa conduite et non pas son langage; n'ayons pas la prétention de faire mieux qu'elle, nous nous en repentirions cruellement.

lignes : si les marchandises étrangères pouvaient entrer librement, cela ne ferait pas perdre une journée de travail à un ouvrier de Rouen.

Depuis le 1er septembre, la loi du 28 avril est exécutée avec la plus grande rigueur; néanmoins, depuis peu, plusieurs ateliers de tissage ont été fermés, et, presque dans toutes les manufactures, on a congédié une partie des ouvriers.

La stagnation générale du commerce, et principalement de la rouennerie, date de l'époque de la mise en vigueur de la loi du 28 avril; le défaut de récolte n'en est pas la seule cause; la gêne du commerce, et l'exemple que nous donnons de notre intolérance, encouragent nos voisins, et les disposent à faire des efforts pour se passer de nos produits. Aussitôt que notre loi prohibitive a été connue en Espagne, elle y a été imitée, et aussitôt que la prohibition d'Espagne a été annoncée à Rouen, les marchandises y ont subitement baissé de 15 à 20 p. 100.

———————————

☞ La situation actuelle de toute l'Europe, et l'exemple de presque toutes les nations, sont opposés au système que vous soutenez : abstraction faite de l'Angleterre, dont la situation n'a aucune analogie avec la nôtre, et qui cependant admet beaucoup d'articles à l'acquit, aucune Puissance n'avait, avant la loi du 28 avril, adopté votre Code prohibitif.

L'Espagne recevait tous nos produits; elle ne les repousse que depuis que vous avez sollicité l'exécution de la loi du 28 avril.

La Russie ne prohibe que quelques articles à ses frontières, dont la vaste étendue rend la loi purement comminatoire; et dans l'Allemagne, si l'on excepte une partie des États héréditaires d'Autriche, où la prohibition s'exerce à la frontière, nous vous donnons le défi de nous citer un État qui prohibe : la Bohême, le Wurtemberg, la Bavière, la Saxe, la Pologne admettent nos marchandises; nous jouissons de la même tolérance en Suède, en Danemarck, dans les villes anséatiques, dans les Pays-Bas, dans

12

CONCLUSION.

L'importance de la matière, plus que la force des argumens qui nous sont opposés, nous a forcés d'entrer ici dans de longs détails.

Nous croyons avoir prouvé :
Que la loi du 28 avril 1816 n'est pas rétroactive, et qu'elle est moins rigoureuse que toute la législation qui l'a précédée ;

Que cette loi n'est ni vexatoire, ni arbitraire dans ses principes, ni dans son application ;

Que la saisie à l'intérieur est le complément indispensable du système prohibitif, et qu'elle est le seul frein aux entreprises de la fraude ; qu'elle ne peut contrarier que ceux qui veulent encore s'y livrer ;

Que les demandes de cotons filés fins étrangers doivent être écartées ;

Que l'introduction des mousselines met en péril toute l'industrie du coton, et nommément celle de Tarare ;

la Suisse, dans le Piémont, dans toute l'Italie, dans les États Romains, dans la Sicile.

C'est donc à tort que vous avez avancé que la situation actuelle de toute l'Europe légitimait votre système, puisqu'au contraire l'exemple de toutes les nations qui nous tolèrent, nous commande la réciprocité.

☞ A qui appartient-il de dire : L'importance de la matière, plus que la force des argumens qui nous sont opposés, nous a forcés d'entrer ici dans de longs détails?

Nous croyons avoir prouvé :

Que la loi du 28 avril 1816 est rétroactive ; elle punit ce qui était permis ; qu'elle est plus rigoureuse que toute la législation qui l'a précédée, puisqu'elle généralise les prohibitions qui n'étaient que spéciales, et étend sur tous les points de la France la juridiction des douanes, auparavant restreinte à la frontière ;

Que cette loi est vexatoire et arbitraire dans ses principes, qui sont contraires aux élémens de législation ; dans son application, puisqu'il n'est aucun moyen de se prémunir contre l'erreur des chargés d'exécution ;

Que la saisie à l'intérieur n'est point le complément indispensable du système prohibitif, puisque les lois qui la restreignent à la frontière ont suffi à la prospérité des fabriques ; qu'elle n'est point le seul frein aux entreprises de la fraude, puisque S. Exc. le Ministre a assuré que la fraude ne dépassait point la frontière ; qu'elle contrarie ceux qui ne veulent point s'y livrer, puisque l'innocent peut, aussi bien que le coupable, être dénoncé, visité et troublé dans sa famille et dans son commerce ;

Que les demandes de cotons filés fins étrangers ne peuvent être écartées, parce que, nos filatures n'en fournissant point, il faut ou les recevoir, ou renoncer à fabriquer des mousselines fines ;

Que l'introduction des mousselines ne met point en péril toute l'industrie du coton, parce que la plus grande partie ne fait que

12.

Que là renonciation au système prohibitif aurait pour effets déplorables d'enlever à une classe nombreuse tout moyen d'existence, aux produits qu'elle consomme, un immense débouché; de diminuer, dans une effrayante proportion, la circulation intérieure, et de faire sortir annuellement de France l'énorme capital que la fabrication française y fixe dans les différentes opérations de la main-d'œuvre.

Enfin, nous nous sommes attachés à démontrer que le consommateur est lui-même intéressé au maintien de la prohibition.

Toute la France intéressée au maintien de la prohibition.

La solution de cette grande question intéresse donc la nation toute entière; le commerce maritime, par lequel se font les échanges qui nous procurent la matière première; l'agriculture et l'industrie, qui fournissent à la consommation de la classe ouvrière.

Arrêtons-nous sur ce dernier point, et faisons remarquer que ces ouvriers, privés de travail, cesseront de consommer. Le vin qu'ils buvaient; la laine et le chanvre dont ils se vêtissaient, mille autres objets de leurs consommations habituelles, resteront sans emploi; et le cultivateur, le fabricant, qui se croient sans intérêt dans cette question, reconnaîtront trop tard combien ils se trompaient.

En résumé, il importe à la masse entière des consommateurs d'échapper au monopole étranger, et à toutes les lois qu'il lui

.des calicots et point de mousselines; que Tarare même est désin-
téressé, parce qu'il ne peut suffire aux demandes;

Que la renonciation au système prohibitif n'aurait point pour
effets d'enlever à une classe nombreuse tout moyen d'existence,
parce que cette classe nombreuse ne s'exerce point sur les objets
fournis par l'étranger; elle ne fermerait point le débouché des produits qu'elle consomme; elle augmenterait, loin de la gêner, la
circulation intérieure, dont le mouvement ne saurait s'entretenir
sans la liberté du commerce; elle ne ferait point sortir de France
des capitaux, mais bien des marchandises, parce que le commerce
ne se fait point avec de l'argent, mais par des échanges.

Enfin, nous avons démontré que le consommateur n'est point
intéressé au maintien de la prohibition, parce que la prohibition
faisant cesser toute concurrence, favorise votre monopole, qui
s'exerce aux dépens du consommateur.

☞ Oui, la solution de cette grande question intéresse la nation
toute entière : le commerce maritime, qui n'existe que pour le
transport des échanges que vous voulez prohiber, et dont cependant vous avez besoin pour payer la matière brute dont vous ne
pouvez vous passer; l'agriculture et l'industrie que vous privez de
ses débouchés, et que vous empêchez ainsi de fournir à la consommation de la classe ouvrière.'

Arrêtons-nous sur ce dernier point, et faisons remarquer que
les ouvriers de toutes les industries, hors la vôtre, cesseront de
consommer le vin qu'ils buvaient, la laine et le chanvre dont ils
se vêtissaient, mille autres objets de leurs consommations habituelles, qui resteront ainsi sans emploi; et le cultivateur, le fabricant, qui se croient sans intérêt dans cette question, reconnaîtront
trop tard que la surabondance de votre industrie, en paralysant
leurs travaux et la vente de leurs produits, les a ruinés.

En résumé, il importe à la masse entière des consommateurs
d'échapper à votre monopole, et de vous forcer à faire mieux et à

plaira de leur faire subir, lorsqu'une fois il aura ruiné, détruit à jamais les manufactures nationales.

Qu'il nous soit permis de nous appuyer, dans un sujet aussi grave, de l'autorité respectable de la Chambre de commerce de Paris. Consultée sur les questions qui nous occupent, par S. Ex. le Ministre de l'intérieur, sa réponse a été en tout point conforme à notre opinion. Ce suffrage est d'autant plus fait pour donner du poids à notre cause, qu'il s'accorde avec l'opinion énoncée par M. le sous-secrétaire d'État de l'intérieur, directeur-général du commerce, dans sa réponse à la Chambre de commerce du 6 décembre dernier. Il s'est empressé de l'assurer qu'aucune atteinte ne serait portée à la loi salutaire du 28 avril, et que notamment l'article 59 serait maintenu dans toute sa force.

Le danger de prolonger l'incertitude des fabriques n'échappera pas à nos législateurs.

Celui de livrer à l'oisiveté, à la misère, au désespoir, une masse populeuse, appellera leurs méditations.

Mais à quoi bon leur signaler les maux inévitables qui résulteraient d'une législation nouvelle?

Ne leur suffit-il pas de savoir que la prospérité de nos établissemens est inhérente à la prospérité nationale, et qu'elle en est la source la plus abondante? Toute atteinte portée à la loi du 28 avril, tout relâchement dans son exécution anéantirait notre industrie en France.

Nous supplions SA MAJESTÉ et les deux Chambres de n'y apporter aucune modification.

FIN.

meilleur marché que l'étranger, et à toutes les lois qu'il vous plaira de faire subir, lorsqu'une fois vous aurez détruit à jamais le commerce et les manufactures, qui toutes ne s'exercent pas sur le coton.

Qu'il nous soit permis, dans un sujet aussi grave, de nous autoriser, comme vous, de l'autorité respectable de la Chambre du Commerce de Paris. Consultée, après la paix d'Amiens, par un chef très-despote, dont l'opinion et le système militaire forçaient de prohiber, sa réponse fut en tout point opposée à celle que vous émettez aujourd'hui : ce suffrage est d'autant plus fait pour donner du poids à notre cause, que M. le directeur-général du commerce, plus éclairé sur ces matières que Buonaparte, n'a ni son entêtemement, ni son despotisme; d'abord trompé par vos faux rapports, il s'empressera aujourd'hui de balancer vos droits et les nôtres.

Le danger de prolonger l'incertitude du commerce n'échappera pas à nos législateurs : celui de livrer au désespoir un grand nombre de familles, pour vous donner un privilége destructeur de la prospérité commerciale, appellera leurs méditations. Mais à quoi bon leur signaler les maux inévitables qui résulteraient d'une législation nouvelle, opposée à celle sous l'empire de laquelle furent acquises de bonne foi les marchandises dont vous voulez nous dépouiller?

Ne leur suffit-il pas de savoir que la prospérité du commerce en général, et non le privilége exclusif d'une branche particulière, est inhérente à la prospérité nationale, et qu'elle en est la source la plus abondante? Toute atteinte portée à la loi du 28 avril, tout relâchement dans son exécution n'anéantirait pas votre industrie, mais la ferait rentrer dans les limites tracées par l'intérêt général.

Nous supplions SA MAJESTÉ et les deux Chambres d'apporter à cette loi les modifications que réclame l'équité.

FIN.